Um tanto de prosa

Contos e crônicas

Gustavo Romeu Amaral

Um tanto de prosa

Contos e crônicas

1ª Edição
POD

Petrópolis
KBR
2011

Edição de texto **KBR**
Consultoria Editorial e Revisão **André Leones**
Editoração **APED**
Capa e ilustrações originais: **Leguy (Victor Guy)**

ISBN: 978-85-64046-71-9

KBR Editora Digital Ltda.
www.kbrdigital.com.br
atendimento@kbrdigital.com.br
24 2222.3491

B869.3 – Ficção e contos brasileiros

Gustavo Romeu Amaral é formado em História pela UFMG e em Direito pela PUC-MG. Foi fotógrafo, dono de banca de revista, marcenaria, lanchonete, estacionamento e corretora de seguros. Trabalhou em transportadora e escritório de advocacia. Deu aulas de História em supletivo, cumpriu atividades em fundações sem fins lucrativos e exerceu a função de diretor geral no mercado siderúrgico, industrial e também no ramo de frigoríficos. Foi superintendente financeiro no Banco Minas de 1994 até 2000. Hoje é superintendente do Hotel Belo Horizonte Plaza, atua na área rural administrando o Grupo SODIPA e ainda encontra tempo para estudar psicologia. É pai de dois filhos adultos, avô de uma linda menina, casado há mais de 30 anos e adora escrever.

E-mail do autor: gustavo.r.amaral@gmail.com
E-mail do ilustrador: victor.guy@gmail.com

Para Valéria, minha mulher;
Mariana e André, meus filhos;
Para Thais, minha irmã;
Para Tide, Toninho e Mael, meus amigos.

Agradecimentos

*Algumas pessoas foram importantes para que esse livro acon-
tecesse: Júlio e Gabriela Mourão, Elias Akl Jr., Vanêssa Rocha Rêgo,
André Leones, Victor Guy e Imaculada Reis.
A todos, o meu apreço.*

Sumário

Apresentação

As histórias sempre estiveram em minha vida. Desde criança as ouvia. Algumas arrepiantes, como a do Dom Ratão que caiu na panela de feijão, a do sapo que caiu do céu, a do Boi da Cara Preta... e era terrível, todas ou a maioria delas vinham em forma de canção de dormir. Em vez de me acalmar elas me deixavam aterrorizado, mas também fascinado.

Quando aos sete anos fui alfabetizado, descobri os livros e uma infinidade de outras aventuras escritas nas páginas do Tesouro da Juventude, coleção que minha mãe me dera de presente na primeira comunhão. Aprendi nessa mesma época as histórias da Bíblia nas aulas de catecismo, e daí por diante nunca mais parei. Li e leio quase todos os dias. Os livros e suas histórias se tornaram companheiros diletos, para toda a vida.

Por ter nascido em Minas, recebia em casa histórias e mais histórias da família, contadas durante o jantar ou em alguma roda de amigos onde meu pai estava. Grande contador de casos, não podia se ver perto de amigos que sempre oferecia um sem número de momentos de entretenimento. E eu ali, a tudo ouvia e guardava. Muitos anos após a partida de meu pai, minha mãe o substituiu nesse itinerário. Se mostrou tão boa de casos quanto ele, vistos sob uma ótica totalmente diferente. As histórias de meu pai sempre traziam o riso à tiracolo; as de minha mãe rezam sobre sua infância, seus momentos vividos no interior das Gerais.

Desta maneira, não tive como escapar de amar as letras desde pequeno e me tornar também um contador de histórias.

Um dia, numa roda de amigos, um deles me sugeriu que as escrevesse e assim eu fiz, simplesmente. Muito tempo depois, incentivado por outro companheiro de ideais, levei algumas para um Sarau onde as pessoas convidadas liam, inicialmente, algum texto de que gostassem e depois, se desejassem, algo que tivessem escrito. Não me fiz de rogado, pois todo aquele que escreve quer ser lido. A partir daquele dia, a vontade de ter minhas histórias publicadas aconteceu. Mas faltava coragem! O desejo permaneceu adormecido em uma gaveta. Passaram-se anos e, inesperadamente, as histórias foram mais fortes: me olharam e me pediram para respirar.

Este livro é a coragem de satisfazer o desejo, de contar as histórias. Muitas delas têm origem em fatos que vivenciei, mas também me dei o direito de imaginá-los um pouco diferentes. Se enfim me perguntarem o que é fato e o que é ficção, não saberei responder. Direi apenas que são histórias e que o mais importante é o verdadeiro amor, os medos, as alegrias e tristezas que nelas se encontram.

As ilustrações também são uma paixão antiga. A tradição das estampas, das gravuras, sempre me ajudou a ampliar o imaginário. Aqui foram escolhidas para reverenciar alguns momentos.

Espero que gostem.

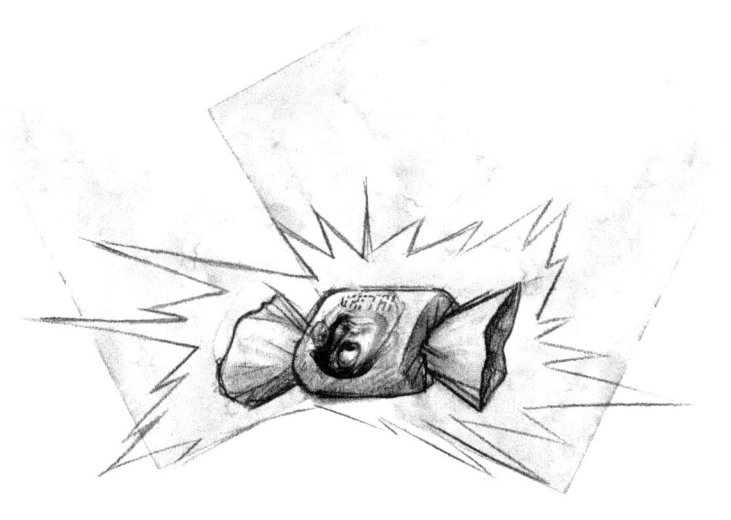

Parte 1

1 — SONHO DE MENINO

A casa era tão simples quanto aquela família. O pai era um pequeno fazendeiro da região do oeste mineiro. A mãe, nascida e criada na cidade de São Gonçalo, trabalhava nas atividades domésticas e cuidava dos seis filhos, cinco meninos e uma menina. A família ajudava o pai no sustento da casa, os dois mais velhos na roça; os dois mais novos, Geraldo e Romeu, tinham como obrigação diária buscar o único animal que possuíam, e que servia para todas as atividades: um cavalo baio extremamente forte e teimoso. Maria, a única menina, ajudava a mãe em seus afazeres.

Os dois meninos acordavam todos os dias às quatro da manhã, comiam o desjejum e partiam, descalços (o uso de sapatos não fazia parte das despesas da casa), atrás do famoso baio, para que o pai pudesse ir à venda levar o resultado da colheita.

Vez por outra, o itinerário era o moinho de milho, onde se trocava parte da colheita pela preciosa farinha, matéria-prima de bolos de fubá famosos na região e que dona Aurora, a mãe querida, preparava para a própria família e para vender aos vizinhos e amigos.

Dia sim, dia não, o pai se dirigia à cidade para negociar algum produto agrícola, a fim de trazer algum conforto à família.

O trabalho não era fácil para as duas crianças pequenas, de seis e sete anos respectivamente. O pasto onde se encontrava o animal ficava longe da pequena casa da fazenda, e o cavalo não facilitava a captura, pois, sabendo de seu destino e função, ou seja, carregar seu dono, não manifestava nenhum interesse na empreitada. Além disso, a escuridão era grande, os espinhos no pé e o orvalho frio e úmido não traziam nenhuma sensação agradável e o pio de alguma coruja escondida não ajudava a dispersar o medo.

Toda criança da região tinha conhecimento de que aquela hora da madrugada trazia grande risco para quem se aventurava pelo campo. A chance de encontrar alguma alma penada de plantão, o menino do pastoreio ou a pior de todas as criaturas, a famosa mula-sem-cabeça, era grande.

Mas os dois sabiam que a tarefa não podia ser postergada ou tratada com desleixo, pois a lembrança da última coça de vara de marmelo ainda doía, na memória e no lugar que o padre proibia de falar, pois a palavra era pecado, o que não diminuía as marcas deixadas ali. Ainda estava vivo na memória o fatídico dia...

Tudo começara bem. Acordaram cedo, tomaram o café com bolo e partiram para cumprir a tarefa. Mas como resistir quando viram o ninho dos passarinhos ao alcance da mão? O irmão menor teve a brilhante ideia de capturar os filhotes e criá-los com um pouco de farinha de milho, para finalmente vendê-los na feira de domingo. O lucro, segundo Romeu, seria enorme, e com certeza suficiente para comprar algumas balas.

Se agissem rápido, haveria tempo para desempenhar as duas tarefas. A tentação de ter os filhotes em casa foi maior do que a prudência de realizar a tarefa diária. O trabalho foi maior que imaginavam. O galho não era alto, mas a árvore, úmida do orvalho matutino, dificultava a escalada. Quando alcançaram seu objetivo, o sol já surgia no horizonte e o cavalo, absorto em sua folga inesperada, pastava displicentemente ao longe.

A caçada demorou além do previsto e a ideia do lucro da venda dos passarinhos se perdeu, no desespero da obrigação não cumprida. Quando, enfim, conseguiram seu intento de trazer o animal no cabresto, já era tarde.

O pai esperava na varanda, com cara de poucos amigos e a terrível vara de marmelo nas mãos. Geraldo, que se disse dono da ideia, levou duas lambadas. Romeu, por ser um ano mais novo — mas por ter aceitado a proposta — levou uma, bem dada.

Aurora, condoída, viu os meninos apanharem e não disse nada, pois sabia que Gustavo, apesar de ser um bom homem, era severo na educação e na disciplina. O castigo se completou com a determinação de os dois ficarem no quarto que dividiam com os irmãos até a hora do jantar. E ali os dois caçadores permaneceram até a hora marcada.

Quando a mãe amorosa foi buscá-los para lhes devolver a liberdade, o pai, pelo atraso do dia, ainda não tinha voltado da cidade; instruíra a esposa a alimentar a si e aos seus, pois não tinha hora para voltar.

Os dois meninos, ainda com os olhos inchados e o traseiro dolorido, abraçaram a mãe e buscaram seu carinho, que nunca lhes era negado.

— Venham, a comida está na mesa!

Os dois não se fizeram de rogados e correram para a pequena sala, onde uma travessa fechada deixava um aroma característico se espalhar pelo ambiente.

— Feijão de novo, mãe? — disse o pequeno Romeu, procurando nos olhos da mãe uma negativa.

— É, querido, feijão com legumes! — sorriu ela de volta para seu caçula.

— Mãe, por que todo dia tem só feijão? — indagou Geraldo, também chateado com o prato de sempre.

— Porque seu pai está lutando para ter uma boa colheita este ano, e quando isso ocorrer, teremos carne, ovos e tudo mais em abundância, vocês vão ver!

Sorrindo, com seu jeito doce e confiante no futuro, convenceu facilmente seus dois rebentos da promessa de dias melhores.

— E além disso — arrematou, deixando sem argumentos seus prediletos — o feijão está um guisado!

As duas crianças se olharam mutuamente, sorriram de volta para a mãe querida e comeram, felizes, aquela refeição de amor.

Naquela noite, Romeu teve um sonho. Nele era um homem forte, poderoso e muito rico. Morava numa casa grande, onde a mesa era farta. E todas as noites, antes do jantar, agradecia a Deus por tudo, principalmente por seus pais lhe terem ensinado o valor do amor, do alimento e do trabalho.

Um dia, no futuro, seu sonho se tornou realidade.

2 — As Catadoras de Laranja

Era o feriado da Semana Santa. Estávamos em São Gonçalo do Rio das Pedras e formávamos um grande grupo de amigos: Chiari, Lílian, Marcos, Raquel, Antônio, Patrícia, Arthur, André, Júnior, Mary, Juliano, Gabriel, eu e Valéria. Éramos mais do que amigos; éramos pessoas, seres espirituais.

Ficamos três dias em uma pousada tranquila e acolhedora. Andamos por trilhas, nadamos em cachoeiras, vimos montanhas, picos, colinas. Vimos um povo humilde, devoto e simples, rezando na procissão, celebrando sua fé e sua esperança.

Localizamos duas cobras que, inadvertidamente, cruzaram o caminho do grupo de turistas, ávidos por aventuras. Uma delas, por ser coral e se destacar contra as pedras, foi mais fotografada que a Luma de Oliveira no carnaval.

No último dia, ocorreram dois episódios que me marcaram sobremaneira.

O primeiro deles antecedeu a nossa partida. As "meninas" — Raquel, Patrícia, Mary, Valéria e Lílian —, encontraram um sítio vazio próximo à pousada. Lá, havia algumas árvores frutíferas, sobretudo laranjeiras. O proprietário não estava no local, e após várias tentativas de localizá-lo chegaram ao consenso de que tão belas laranjas não poderiam ser abandonadas à própria sorte. Tão belas e saborosas criaturas mereciam um destino melhor. Assim, nossas destemidas heroínas pularam a cerca que separava o pomar da rua e começaram a colher as laranjas.

Logo voltaram a ser crianças, indecisas entre rir e catar os frutos proibidos. Talvez a felicidade seja um fruto doce, ao alcance das nossas mãos. Talvez seja apenas um instante. O certo é que, ao ver as catadoras de laranja, voltei no tempo, para quando se chupava fruta no pé e as travessuras eram vistas como aprendizado, tempo em que a amizade era espontânea e ríamos sem motivo, ou por estarmos juntos das pessoas que amávamos.

Vendo as meninas, lembrei-me do passado. Minha censura, porém, foi tanta, ou quem sabe a tristeza, que não comi nenhuma fruta roubada. Eu refletia distante sobre tudo aquilo, e me impacientava com o Júnior. Com o carro parado à minha frente, esperando a volta de sua amada — que insistia em recolher o maior número de laranjas possível —, ele admirava a cena, passivo, senhor tranquilo de seu tempo e destino. Eu, ao contrário, acelerava o carro com ansiedade. Algo na cena trazia recordações que o meu coração teimava em esquecer.

— Assim, nós só vamos chegar amanhã! — bradei, inquieto.

Júnior, tranquilo e paciente, explicou:

— Calma que elas estão terminando!

Nesse instante, ele repara em algo errado no meu jipe.

— Gustavo, seu pneu tá baixo!

— Fala sério, Júnior! Brincadeira tem hora!

— Tô falando sério! Tá baixo mesmo!

Desiludido, desci do veículo e olhei, incrédulo, o pneu traseiro no chão. Ainda tentei argumentar:

— Acho que dá pra chegar a Diamantina.

— Não, sô, a gente tem que trocar, senão você acaba rasgando o danado todo.

O argumento de meu amigo não podia ser refutado. Desiludido, com cara de cachorro que caiu do caminhão de mudança, conferi o estrago.

— É, você tem razão — concordei tristemente com o amigo previdente.

Dirigi-me para a frente do jipe, abri o capô e procurei o tal macaco: o rapaz que cuidava do veículo em minha empresa havia me garantido que estava ali. Mary, que retornava da travessura, exclamou divertida:

— Acho que o único macaco que o Gustavo já viu foi no zoológico!

Eu olhei para ela com cara de poucos amigos, mas não resisti ao seu sorriso e ri da situação.

— Você está muito enganada. Aqui está o danado! — respondi triunfante, levantando um pequeno macaco vermelho, que se encontrava alojado num canto rente ao motor.

Júnior olhou para aquele filhote de macaco e sentenciou:

— Esse aí não levanta nem carrinho de pipoca!

Não me dei por vencido:

— Não, rapaz, esse é moderno: é pequeno, mas levanta até caminhão!

Júnior, incrédulo, acompanhou meu esforço para tentar colocar o dito embaixo do jipe. Depois de inúmeras tentativas, o levantamos na altura máxima e ele nem roçou a barriga do utilitário.

— É, Gustavo, esse aí não vai dar, não — alertou, resoluto, o meu amigo.

Já desesperados, tentamos, sem sucesso, levantar o carro com o macaco da Blazer do meu amigo. Um suor frio escorria pelas minhas costas. Eu me virei e disse:

— Acho melhor vocês irem, vou tentar um socorro.

— Nem pensar! A gente fica com você!

Sem graça, feliz com a solidariedade, refleti sobre a minha impaciência, agradeci às catadoras de laranja e à amizade dos amigos. Nesse meio tempo, Juliano, filho de Júnior e Mary, anteviu nossas dificuldades e procurou informação na vizinhança, perguntando se havia algum borracheiro na região e se ele estava aberto, uma vez que era feriado. Mal acreditei quando ouvi sua voz me trazendo a boa notícia:

— Gustavo, tem um borracheiro ali na praça da matriz e ele está trabalhando!

— Valeu, Juliano! — exclamei, aliviado.

Entrei no carro e dirigi devagar até a praça, escoltado pelos companheiros, solidários ao meu infortúnio. O borracheiro trocou o pneu, não sem antes eu descobrir que nem a chave de roda eu sabia onde estava. Mary, solidária, não riu de meu despreparo. Trocado o pneu, entramos no carro, Valéria, a filósofa precavida, finalmente comentou comigo:

— É bom verificar da próxima vez se está tudo no jipe!

Sem forças para retrucar, concordei humildemente. Liguei o danado e parti, atrás de novas aventuras.

3 — A BALA CHITA

A bala Chita não parece motivo para nenhum texto literário. Talvez para um texto publicitário, o que não é o caso. Entretanto, sua presença me acompanha desde a infância, quando eu ia para o interior de Minas passar as férias de julho na casa de meus avós.

Havia, no centro da cidade, uma padaria. E em suas vitrines, que eram ao mesmo tempo balcões e vitrines de doces, os objetos dos nossos primeiros desejos e nossa maior tentação.

Doces de todos os tipos: pés-de-moleque, cocadas, imensos suspiros de todas as cores — que se esfarelavam quando os colocávamos na boca, deixando-nos momentaneamente emudecidos pela quantidade de açúcar.

Mas, de todas as guloseimas, a danada da bala se destacava. Seu papel amarelo-vivo e a indefectível macaca que lhe emprestava o nome (e que todos nós conhecíamos dos filmes de Tarzan, que víamos no cinema nos finais de semana) se impunham. Eu ficava impressionado com a fama do bicho: além de ser artista de cinema, era dono da fábrica de balas.

Eu adorava o meu avô, fazendeiro da região e dono de uma poderosa carteira de couro marrom. Dela saíam, só Deus sabe como, notas vermelhas de 20 cruzeiros. Esse tesouro o tornava, aos meus olhos, o homem mais poderoso que eu conhecia. Pois de muito aprendera, aos meus quatro anos de idade, que uma só daquelas notas tinha um poder de compra inimaginável.

Meu avô, em ocasiões especiais, brindava a mim e aos meus primos com uma dessas maravilhas da natureza. Isso ocorria quando ele vendia uma partida de gado ou uma leva de porcos. Eu nem acreditava quando ele, feliz, sentado na poltrona da sala, nos chamava:

— Meninada, vem cá!

Nós o rodeávamos esperançosos, pois em várias ocasiões ele gostava de nos ter ao seu lado. Homem simples, mas de grande coração, nos envolvia em abraços e aconchegos, incomuns naquela época, e vez por outra éramos surpreendidos com sua fala:

— Toma, é para vocês. Não gastem tudo de uma vez!

Nossos olhos brilhavam ao vê-lo sacar a carteira marrom, retirar de seu interior algumas notas e distribuí-las aos netos, por ordem de tamanho. Com tal tesouro em meu poder, minha cabeça rodava. Eu pensava nas minhas possibilidades: um novo canivete que tinha visto na venda do Baixão; três caixas de espoletas para o revólver que havia ganhado no Natal; quinze pacotes de figurinhas da copa de 1966 que davam direito, se completada a página devida, a inúmeros prêmios. A escolha era dificílima. Mas, em minha mente, a cor amarela predominava!

Corria para a padaria e lá estavam elas, centenas ou milhares de balas, expostas na vitrine. Naquela época, não fazia muita diferença para mim a quantidade exata dos confeitos. Afinal, eu não sabia contar direito, só sabia que eram muitas.

Decidi-me e pedi:

— Vinte de bala Chita, Dona Maria!

Ela olhou condescendente para seu pequeno freguês e argumentou:

— Se sua mãe souber, ela me mata!

Disse isso rindo e encheu um saco de papel com as minhas guloseimas. Com meu doce tesouro nas mãos, saí em debandada carreira, antes que ela mudasse de ideia e atendesse ao pedido de minha mãe para que não me vendesse bala sem o seu consentimento.

O importante é que eu estava com elas! Minha mãe acreditava que não havia lugar melhor para guardar uma nota de vinte cruzeiros que o cofre do Banco da Lavoura que ela tinha me dado no dia do meu aniversário, ideia da qual eu discordava totalmente. Procurava um canto no quintal de minha avó e, sem culpas ou arrependimentos, desfrutava do meu prazer infantil.

Hoje tenho em minha mesa, no escritório, uma compota de vidro cheia das minhas amigas. Passados tantos anos, as ofereço aos amigos e colegas de trabalho. Meu avô não está mais fisicamente comigo, mas sua doce lembrança sempre me acompanha. Mesmo em um dia triste, em que as coisas estão um pouco amargas, pego uma das minhas amigas pela mão, levo à boca e, lentamente, ao desfrutar seu sabor, lembro aquele tempo feliz, recordando um pouco de tudo, e acabo sorrindo também.

4 — APRENDENDO A PITAR

Não me lembro direito de quando fumei o meu primeiro cigarro. Eu era pequeno, com certeza, pois, se a memória não me falha, o local era a cidade onde moravam os meus avós, no interior de Minas. Era o tempo de pegar manga no pé, passarinho no visgo, espinho no pé. Era a época da minha infância, onde o fim do mundo era a venda do Baixão e o meu maior problema era saber se andava de bicicleta ou ia jogar bola. Eu era feliz, e sabia.

Mas lá estava eu, no quintal da casa de Vó Neném. Aos seis anos de idade, já tinha a independência de circular despreocupado pela cidade. Os carros eram poucos, a vida era calma e o tempo parecia mais lento. No quintal, havia uma variedade de frutas e verduras.

Eu e meu primo Julinho, companheiro de aventuras, fomos ao fundo do terreno e localizamos o pé de chuchu. Verdade, chuchu nasce em pé brotado do chão, e não na feira ou no supermercado. Localizamos o danado, sacamos o canivete com cabo de chifre ganho no Natal e cortamos, um a um, o objeto desejado. Descartamos o fruto. Afinal, o que queríamos era o caule oco que o prendia à árvore-mãe. Com a binga na mão, comprada na venda, acendemos uma ponta e aspiramos do outro lado. Era apenas um treino. Éramos agora como os caubóis que víamos nas matinês de sábado.

Não demorou muito e eu, com meus catorze anos, tive acesso a um cigarro de verdade. Todos fumavam, afinal, e eu também queria entrar na onda e me tornar adulto. Comprei um maço de Hollywood dizendo que era para o meu pai, guardei no bolso da calça e fui para o colégio. Na saída da aula, acendi o danado e esperei que Cristina — minha musa — passasse e percebesse a minha masculinidade. Foi assim que comecei a pitar.

Meu pai, bravo como todo pai da época, jamais admitiria que eu fumasse, quanto mais em sua presença. Assim, eu fumava escondido. Quando fiz dezesseis anos, achei que era hora de tomar uma atitude. Afinal, já fazia a barba — sem necessidade, é claro, mais fazia — e, para a minha emancipação completa, faltava apenas enfrentar a fera e assumir o meu vício.

Fui até ele e disse:

— Pai, tô fumando!

Ele levantou os olhos do jornal e me fuzilou:

— O que você disse?

— Tô fumando!

Meio incrédulo pela descoberta e pela minha coragem, perguntou, para ter certeza:

— Cigarro?

Pego desprevenido, pensei: *Será que alguma outra informação ou suspeita lhe chegou aos ouvidos?* Tudo me ocorreu em uma fração de segundo, mas, decidido, afirmei:

— Não, cachimbo!

Pronto, acertei-lhe o baço. O ódio que ele demonstrava ao uso e utilização do fumo não se estendia até os cachimbos, tanto que ele era possuidor de uma vasta coleção, orgulhosamente exposta na bancada do banheiro.

Seu olhar me atravessou como o da águia, procurando seu "coelho nosso" de cada dia. Por um momento, pensei: *É a morte. Que seja rápida e indolor, pois o gladiador tinha lutado com coragem e destemor.* Meus olhos encararam os de César, esperando o movimento de seu polegar: meu destino em suas mãos.

— Está bem, cachimbo você pode fumar!

Não acreditei! O imperador não me condenara à morte. Exultante, levantei-me da arena e, silencioso, me retirei. Naquele dia, enfrentei o meu pai pela primeira vez e venci. Meu caminhar estava diferente. Correndo, saí para comprar um cachimbo antes que a sentença fosse alterada.

5 — O Acampamento

— Papai! Papai! Acorda!!!!!!!

Era um sonho muito estranho. Alguém gritava meu nome sem parar.

— Acorda, pai!!!!!!!

O sonho continuava estranho e ainda era acompanhado por umas sacudidelas.

Mãeeeeeee!! O pai não quer acordar!

— Amor, acorda!

Não era sonho. Eu agora reconhecia aquela voz.

Abri os olhos com dificuldade. Minha mulher Valéria olhava para mim, e sorria...

— Anda, você prometeu para ele!

Devagar, fui retornando ao mundo dos vivos. Eu estava em casa, a festa tinha acabado, só a ressaca e a dor de cabeça me faziam lembrá-la.

— Vamo, pai, tá na hora!

Olhei os olhos verdes de meu filho, cheios de excitação. Apesar da penumbra do quarto, eu sentia toda sua emoção.

— Vamuuu, pai, vamo pegar a barraca!

Barraca?!

Era verdade, agora eu começava a lembrar... a promessa que tinha feito ao André, meu filho de cinco anos, na semana anterior... "Filho, sábado vamos acampar no gramado do Minas Tênis Clube".

Era julho, época de férias escolares, e havíamos inscrito o André na colônia de férias do clube, com monitores para todas as atividades. O ápice do programa era o acampamento: as crianças iriam dormir em barracas montadas no interior do clube, perto das piscinas. A grande aventura era esperada por todos os pequenos, só que, para completar o programa, os pais, ou melhor, o pai, iria ajudar o filho a montar sua própria barraca.

Era isso! Agora eu me lembrava de tudo, apesar da dor de cabeça e já sentado na beira da cama.

— Vamo, vamo, pai, tá na hora!!!!! A gente tem que correr pra pegar um lugar bom e montar a barraca!

Meu líder de caravana me olhava com impaciência e raiva, aguardando meus movimentos.

— Vai Gustavo, você prometeu para o menino! Bem que ontem eu te falei para não beber muito! — disse minha amada companheira com um sorriso de ironia e de satisfação.

Levantei e me preparei para a batalha.

— Tá bom, Dedé, só um minuto!

— Oba! Nossa barraca vai ser a mais bonita, a mais bonita! — saiu assim, gritando, meu jovem construtor.

Vesti-me depressa e fui procurar minha amiga de juventude. Desci até a garagem. Abri o armário que se encon-

trava bem no fundo, e depois de me acostumar com a bagunça que eu mesmo fizera, localizei na última prateleira à
minha esquerda minha velha barraca de motocicleta. É verdade! Além de acampar, eu era motociclista, não motoqueiro
como se diz hoje.

A barraca estava guardada num saco plástico da sua
própria cor, ou seja, um laranja-vivo, detalhe importantíssimo
para ser localizada no meio do mato, principalmente à noite,
voltando de um gole com os amigos.

Retirei a danada de sua tranquila aposentadoria; ela me
olhou com cara de poucos amigos: afinal, já se passavam mais
de 15 anos da nossa última empreitada. Olhando para ela, lhe
falei com carinho:

— Eu sei que te prometi descanso, mas desta vez você
guardará meu filho. Prometo que será a última!

Ela, silenciosa como sempre, assentiu sem nada dizer e
se deixou escorrer para fora de seu abrigo.

Examinei seu corpo, já desgastado pelo tempo, mas ainda em boas condições. Sua estrutura simples — três varetas
de alumínio extremamente leves, resistentes e a vistosa capa
laranja — continuavam intactas. Com algumas cicatrizes, minha amiga ainda estava em boa forma; era extremamente prática e proporcionava uma montagem rápida e segura.

Apesar de sua origem americana (a comprei na ado-
lescência quando participei de um intercâmbio nos Estados
Unidos), ela há muito se tornara brasileira, pois juntos desbra-
vamos o interior de Minas, suas cachoeiras e montanhas...

Mais um grito de meu filho me retirou de minhas lembranças e me trouxe à realidade.

— Pai, vambora!

— Tá bom filho, vamos!

Peguei a barraca, tranquei o armário e entramos no carro.

Apesar de meu atraso, chegamos cedo. Entramos no
clube e logo avistamos o grande gramado. Outros pais, semia-
cordados assim como eu, também se dirigiam para o mesmo

lugar com seus respectivos filhos. Localizamos o monitor responsável pelo camping improvisado e ele nos orientou:

— Podem montar sua barraca do lado esquerdo da piscina!

Nos dirigimos ao local. Em seguida, retirei minha velha companheira de seu saco protetor: se destacava por seu diminuto tamanho e pela cor exagerada. André me olhou, de certo modo desapontado, e disse:

— Pô, pai, a nossa é a menorzinha!

Verdade. A nossa não se comparava aos monstros multicoloridos, trazidos pelos pais de primeira viagem que se encontravam ao nosso lado. Eu percebia, pela idade e pelo tamanho da barraca, que a grande maioria nunca tinha acampado. Pela minha experiência, de uma coisa eu tinha certeza: barraca boa não era a maior ou mais sofisticada, mas sim aquela prática, que exercia bem a sua função, ou seja, a de resguardar seus ocupantes.

— Não se preocupe, filho, ela é pequena, mas é esperta. Você vai ver! — eu lhe disse, com o meu melhor sorriso encorajador.

E começamos a montar nossa barraca. Anexei a vareta central aos dois apoios laterais. Abri o interior através de seu zíper central, coloquei as hastes internas e chamei o André para me ajudar a deixá-la de pé. Estávamos dentro da barriga da Baleia! Com a armação posicionada, aproveitamos que ela parecia estar dormindo e saímos de dentro do animal. Prendemos o fundo ao chão com os outros piquetes, estendi sobre esta armação a capa laranja de cobertura e a amarrei à base. Pronto!

Nossa barraca não era a maior, mas dentro cabiam dois adultos com folga, estava solidamente fixada e, apesar de pequena, sua estrutura demonstrava resistência e proteção. E o mais importante: era a primeira a ser montada em todo o acampamento.

— Pai, conseguimos, somos os primeiros! — gritou meu jovem auxiliar. — É campeão!

Meu filho estava feliz! Me deu um abraço e saiu gritando para os outros amigos.

Exausto, suado, com uma dor de cabeça terrível, me sentei sorrindo. E assim, perdido em devaneios, me recuperando da empreitada com aquele sentimento de dever cumprido, me deixei ficar, protegido pela sombra que a barraca proporcionava. Pensei que seria uma boa hora para dar uma cochilada, já que o André ficaria por um tempo correndo com os amigos. Assim, eu conseguiria me refazer da noite maldormida...

Mal pensei nessa hipótese, um grito me tirou dos meus sonhos de forma abrupta e assustadora.

— Pai! Pai! Acorda!!

— Que foi, Dedé? — gritei apavorado, dando um salto, sem saber ao certo o que acontecia.

— Pai, olha que bacana! Esse é o Guilherme, meu novo amigo. Ele vai acampar aqui no clube também e eu disse a ele que o senhor é o maior montador de barracas do mundo!

Meu filho dizia isso com um brilho de admiração nos olhos que eu nunca tinha visto. Entre lisonjeado e surpreso, indaguei ao meu mais novo grande admirador por que ele tinha me acordado assim, com tanta pressa.

— Sabe o que é, pai? O pai do Guilherme não está dando conta de montar a barraca deles e eu falei que o senhor os ajudaria!

Vendo a expectativa de meu filho e de seu novo amigo, não pude dizer não.

— Tudo bem, filho, vamos lá dar uma mão para eles, mas você tem que me ajudar.

— Eu não falei, Guilherme? Eu e meu pai vamos ajudar vocês!

Me levantei com dificuldade e fui atrás dos dois aventureiros que, excitados, corriam à minha frente. De longe, os avistei em torno da maior barraca que eu já tinha visto na vida. Parecia uma lona de circo. No meio daquele emaranhado de panos, cordas e pinos, um homem na faixa dos 50 anos lutava para montar o embondo.

— Bom-dia! — eu disse, estendendo a mão ao companheiro de infortúnio.

— Bom-dia! Meu nome é Paulo — respondeu-me o novo amigo.

— Me chamo Gustavo, sou o pai do André. Viemos lhe oferecer uma mão!

— Deus é pai! — acrescentou o cansado construtor.

— O cara que me vendeu a barraca me falou que era fácil de montar. Estou aqui há duas horas e não consegui nem saber onde é a porta!

Rimos juntos e eu lhe disse:

— Não esquenta, é mais fácil do que parece!

Na verdade, a tal da barraca era um engodo. Grande e sem jeito, devia ter custado muito caro, mas eu não quis desanimar o cristão-novo.

— Vamos lá! Eu te explico e teremos ainda nossos dois ajudantes!

Os olhos dos dois meninos brilhavam de excitação. Animados, começamos a empreitada.

Após duas horas de intenso esforço, com dois pais extenuados e seus filhos entusiasmados, terminamos.

— Valeu, Gustavo! Te devo um favor!

— Que isso, Paulo, não foi nada!

André tava que tava:

— Tá vendo, Guilherme? Não falei que meu pai montava qualquer barraca? — disse meu filho, enchendo o pai de orgulho.

— É isso aí, a gente se vê! — nos cumprimentamos e voltamos para as nossas respectivas barracas.

Me deitei mais cansado ainda, mas satisfeito.

— Dé, vai brincar com seus amigos que o pai vai descansar!

— Tá bom, pai! — concordou meu filho. Me deu um beijo e saiu correndo.

Ah! Que bom! Agora, o descanso do guerreiro — pensei com meus botões. Passaram-se 5 minutos e uma voz familiar me despertou:

— Pai! Pai! Acorda! Esse é o Pedrinho, e o pai dele não tá dando conta de montar a barraca. Eu disse a ele que você monta qualquer uma!

Naquele dia, ajudei a montar mais três grandes barracas.

6 — RECUERDOS

Minha filha viajou. Foi estudar fora do país. Não foi a primeira vez, mas dessa vez doeu mais.

Será porque estou mais velho? Ou eu deveria ter dito algo, que ficou na lembrança? Será porque ficou evidente que não consegui lhe dizer tudo — como se isso fosse possível — que ela deveria saber da vida para ser feliz?

Minha mulher, sábia como todas as mães, resolveu o problema de forma mais simples: com lágrimas. Lágrimas de amor, lágrimas de saudade antecipada, pela falta que viria de sua ausência, já tão evidente; lágrimas por tudo, mas, principalmente, por amor.

Diz um poeta que "não existe o amor, existem provas de amor". As lágrimas de minha mulher me diziam isso.

Quanto a mim, despedi-me rapidamente no aeroporto. Deixei-a junto ao namorado e ao irmão querido, que insistia em implicar com ela, num misto de admiração e revolta com sua partida. Toquei em seus cabelos, tão bonitos e castanhos, beijei sua testa, dei um último abraço e disse:

— Vai com Deus, Nana!

— Te adoro, papi! — disse ela, levando mais um naco do meu coração.

Apressei o passo e não olhei para trás. Tinha visto essa cena em vários filmes antigos: o mocinho se despede da mocinha e parte para a guerra, no encalço de algum pele-vermelha, ou junto a Ivanhoé, em direção às cruzadas. Não importava para onde, o importante era a decisão de partir, os passos resolutos em direção ao horizonte.

Não mantive a postura por muito tempo. Assim que me virei, senti o aperto no peito, uma vontade de regredir no tempo e vê-la tão dependente de mim, nos meus braços, tão pequena e eu com tanto medo do futuro. Na infância, buscando na escola, no balé, aprendendo dia após dia a amá-la de uma forma sem jeito, mas sincera.

O aperto foi aumentando: que vontade de voltar atrás e ser mais carinhoso, mais presente, mais pai.

Vi o carro à minha frente, parado no estacionamento. Nem percebi onde estava, que horas eram. Abri a porta automaticamente, entrei, dei a partida e saí. No caminho de volta, liguei o som. Uma música espanhola. *Até disso ela me fez gostar!*

O aperto aumentava. Sozinho, sem ninguém para ver, pude sorver a lágrima contida, a mais doída, aquela que normalmente deixamos escorrer dentro de nós, no meio de nossa selva de sentimentos, entre as folhagens, junto a uma lagoa escondida.

Dirigi como um robô, no piloto automático. Meu pensamento voava. — O avião está partindo agora! — falei comigo mesmo, como se tentasse explicar a saudade já exposta. A música me emocionava ainda mais. Aumentei o volume. Meu pensamento viajava. *Minha filha cresceu, meu filho já é um adulto, "o tempo não para", "e agora José, para onde..."*

Será que a vida é isso? Um despertar de repente, partidas e chegadas? *É tudo tão rápido...*

A cidade se aproximava, meu tempo de reflexão se findava. *Quem é que reclama que o aeroporto é longe?... Ô, tempo bom!* Tempo de tomar fôlego, de tomar pé e ir seguindo em frente. Afinal, o mundo estava tão perto! Pronto, já retomei, já estou aqui outra vez, indo ao trabalho, resgatando o empresário.

O sujeito que para o carro ao meu lado e me olha rapidamente não sabe onde estive, para onde eu ia. O sinal abriu, a música continuou e invadiu novamente o meu pensamento. *Ela é danada! Até de música espanhola eu estou gostando!*

Sorri sozinho e feliz, vendo o quanto gostava de minha filha, o quanto estava contente por ela ser quem era, que bom era ser seu pai. Não importava a distância, não me importava mais nada: eu estava feliz. Feliz por existir e por ela também existir, feliz por nosso amor ser verdadeiro e sincero.

Acelerei o carro um pouco mais, aumentei o volume do som. Dentro dele ia um pai, simplesmente um pai, totalmente um pai. Por um instante, nada mais importava... A música ao fundo me envolvia... *Te recuerdas...*

7 — A Bola, o Futebol e os Amigos

O telefone tocou ao final da sexta-feira, em torno das sete da noite. Eu tinha acabado de chegar em casa, aquela sensação de final de dia aumentada. Afinal, a semana não tinha sido fácil, algumas boas notícias, outras nem tanto.

Uma amiga havia falecido, e essa presença da mortalidade é algo com que até hoje não me acostumei. O certo é que a semana chegara ao fim, eu estava em casa, perdido em pensamentos e reflexões, quando ouvi ao telefone:

— Guta!

— Fala, Tidão! — respondi, reconhecendo a voz do amigo.

— Sábado vamos fazer um jogo de futebol no Emprale Clube, comemorando a posse da nova diretoria. Veteranos contra Juventude, e eu tô te convocando.

— Pô, Tide, tem mais de dez anos que eu não jogo futebol! — retruquei, receoso.

— Não, não quero nem saber! Futebol é que nem andar de bicicleta: aprendeu, a gente não esquece. E, além disso, nós não vamos perder essa parada para os meninos!

— Tá certo — respondi, desafiado.

— Essa molecada não tem noção de que nós já jogamos muita bola, e bem antes de eles terem nascido — retrucou meu amigo, já exaltado.

— Falou! A gente se encontra lá!

Desligamos o telefone. Comecei a pensar. Será que ainda consigo jogar? Afinal, dez anos não são dez dias. Quarenta e cinco anos não são dezoito. E o meu último jogo não me trazia boas recordações. Tinha ido passar férias em um hotel na Bahia e resolvi jogar uma "pelada". O problema é que a turma que participava não sabia jogar, e todo "boleiro" sabe que a chance de se machucar é grande, quando se joga com quem não tem o costume de praticar esporte. Mas o vício falou mais alto. Conclusão: fui atingido por um adversário quando estava dominando a bola. O bicho veio como um touro, de cabeça baixa, e me atingiu o tornozelo. Rompi os ligamentos do pé e fiquei engessado por vinte dias.

Mas a vontade de rever os amigos era grande, e a saudade da bola, maior ainda. Se eu sentisse que não tinha condições de jogar, faria como alguns jogadores profissionais: enrolava um tempo e pedia para sair. Afinal o importante era participar do jogo.

No dia seguinte, acordei ansioso. Liguei para Roberto Luiz e pedi uma carona. Fomos juntos, conversando sobre o tempo em que íamos todos os finais de semana jogar bola com os amigos. Era tudo tão bom e tão simples! Depois do jogo, a cerveja gelada no Frango Assado, a gozação dos adversários, a lembrança dos gols, das brigas, das discussões e da satisfação de estarmos juntos. Enquanto percorríamos o caminho, minha ansiedade aumentava. Parecia que eu ia para o Mineirão, na decisão do Campeonato Mineiro.

Chegamos. O clube lotado, os amigos todos ali: Tide, Orlando, Bruno, Fred, Ferdinando, Paulo, Antônio, Pete, Duna, Serginho, Paulo Fonseca, Miguel, Wilson, Rubão, Toé, Carlos, Luiz, Toninho. E as meninas: Zezé, Elzana, Ana Lúcia, Cilmara, Vilma, Junia, Marilene, Helena, Ludmila, Poliana, a galera toda, enfim. A moçada inquieta, os filhos e os amigos dos filhos animados, pois aquele bando de "velhos" ia tomar uma lição, para variar.

Subimos todos e fomos ver o campo. Perfeito! A grama estava cortada rente, rede nova no gol, bem como as marcações de cal limitando a área da "batalha".

Nosso time se formou inicialmente com Paulo Fonseca no gol, Miguel, Pete e Serginho na defesa, Guta e Tide no ataque. O dia estava lindo. Eram duas horas da tarde e o sol brilhava no céu azul, a adrenalina subindo. Quem esperava a hora de entrar aguardava ao lado do campo, impaciente. O time dos meninos estava pronto, com Beto, Gustavo, Artur e os amigos. A gente percebia nos olhos dos adversários a certeza da vitória.

E o jogo começou. Aos três minutos de partida, começaram as substituições. Afinal, o sol estava forte e ninguém era de ferro. Roberto e Toé entraram e nosso time adquiriu novo ânimo, pois estávamos sendo pressionados. Na primeira bola que toquei, senti que dava para jogar; não senti dor no pé e meu coração bateu mais forte. Dominei a bola, olhei e toquei para o Roberto, que lançou para o Serginho. Este cruzou para o Tide, que dominou a redonda e chutou para fora. O jogo prometia. A moçada revidou a nossa ousadia. Vieram tocando de pé em pé, até que chutaram da intermediária. Paulo Fonseca se esticou todo e espalmou a bola para escanteio. Pete chamou o bruto aos brios:

— Segura a bola firme, Paulo, não avacalha, não!

A tensão da peleja era sentida no ar. Era tudo como antes, ou quase. O jogo continuava. Tide e eu corríamos de novo no mesmo time. A bola foi lançada por Toé, que havia entrado há pouco. Dominei a gorduchinha, tirei o adversário que me marcava com um toque à frente e corri, com a bola dominada, em direção ao gol. Outro adversário corria em meu encalço. Meu coração disparou. Eu não via nada, só o meu objetivo: o gol adversário. Num relance, Tide passou por mim. Rolei a bola para ele, tirando-a do menino que vinha em minha cobertura. Por um instante, pareceu que não alcançaria, mas Tide se esqueceu de tudo, das dificuldades, das dores, do tempo. Entrou na área e tocou na saída do goleiro: Goooooooooooooool!

Tínhamos feito o primeiro. Nosso time estava na frente! O time todo se abraçou. Não estávamos derrotados, nem pelo tempo, nem pela incerteza. Com alegria, voltamos para o nosso campo com a certeza de que a vida valia a pena, da beleza de ter amigos e do quanto era bom jogar bola com eles. Mais cinco minutos e os meninos empataram. Tentei uns dois chutes e não fui feliz. Apesar da vontade de continuar correndo, as pernas não respondiam mais. Pedi substituição. Sentei ao lado do Tide, que tinha saído um pouco antes, vendo Pete, Duna e cia. continuarem o confronto.

— Guta, vamos tomar uma cerveja — chamou o amigo artilheiro.

Concordei prontamente, respirando ainda com dificuldade. Descemos para o bar do clube, onde João, nosso amigo barman, serviu uma gelada para nós.

8 — NERUDA — UMA LIÇÃO DE VIDA

Estive no Chile há alguns dias. Uma viagem não planejada e muito feliz. Estressado com a minha vida profissional, preocupado com o futuro do país, da economia, da empresa em que trabalho, assustado com os quarenta e cinco anos que acabara de completar e que nem tinha percebido chegar, recebi um convite inesperado. César e Vânia, um casal de amigos, convidavam a mim e à Valéria, minha esposa, a acompanhá-los em uma viagem ao Chile. O primeiro impulso de recusar esbarrou no comentário afetuoso de meu amigo:

— Vamos lá, a gente precisa se divertir um pouco!

Aquela observação mexeu comigo. Há quanto tempo eu não me divertia? Há quanto tempo não me despreocupava com o que tinha de fazer no dia seguinte? Valéria reforçou a minha vontade:

— Vamos, nós precisamos de um tempo juntos.

Concordei com ambos, pois andava cada vez mais rabugento, reclamando de tudo e de todos, achando tudo ruim, quando, na verdade quem estava ruim era eu. Decidi-me, liguei para César e aceitei o convite.

Chegamos a Santiago um dia depois dos nossos amigos, pois não havia voo no mesmo dia.

Somos amigos de longa data, apesar da distância: eles moram em São Paulo e nós em Minas Gerais; temos afinidades e nos damos bem.

César, como todo bom executivo paulista, já tinha tudo planejado: as vinhas que iríamos visitar, quando isso iria ocorrer, enfim, todo o roteiro da nossa viagem. Alugamos um carro e partimos no dia seguinte rumo ao interior do Chile.

A sensação de nos afastarmos dos problemas, a beleza do lugar e o fato de estarmos entre amigos envolveram a todos. Lentamente, relaxamos o corpo e as feições. Começamos a rir das coisas mais simples, até do nosso próprio mau humor, que, de trágico, tornara-se cômico.

Quanto mais seguíamos em direção ao interior do país, mais saíamos de dentro de nós mesmos, num movimento contrário e salutar. Não éramos mais empresários, fotógrafos profissionais, administradores ou professores. Éramos quatro amigos, felizes por estarmos juntos, viajando por um lugar lindíssimo. Os dias passaram céleres. Quando menos esperávamos, nossa viagem chegou ao fim.

Voltamos a Santiago. Valéria comentou que, se estivéssemos no colégio e tivéssemos que escrever a famosa redação de retorno, "O que vocês fizeram nas férias?", teríamos dificuldade.

Saímos juntos pela última vez na noite chilena. Fomos a um bom restaurante, pedimos frutos do mar e um bom vinho. Brindamos à vida, aos amigos, ao futuro, à felicidade, nossa e daqueles a quem amamos. Éramos um outro grupo. Eu olhava meus companheiros de viagem e via em seus olhos um brilho de alegria, a minha própria imagem. Foi um destes momentos únicos, quando nos sentimos de bem com a vida, de bem com o mundo, de bem com nós mesmos. No dia seguinte, ficamos sós, eu e Valéria. Partiríamos no dia seguinte. Sem saber ao certo o que fazer, resolvemos contratar um táxi e fazer um passeio pelo litoral: Valparaíso e Viña del Mar. Havia uma parada em Isla Negra, uma praia menos conhecida que se tornara famosa por ser onde Pablo Neruda tinha uma de suas casas, onde viveu seus últimos dias.

As cidades turísticas não nos disseram nada, mas a visita à casa de Neruda mexeu comigo. A casa, transformada em museu pela fundação que leva o nome de nosso amigo escritor, foi mantida do jeito que ele a deixou antes de morrer. Uma jovem chilena nos acompanhou na visita, mostrando o interior da casa, que possuía o formato de um barco, paixão de Neruda. Tudo em seu interior lembrava o mar e as viagens que ele fizera a trabalho — Neruda era diplomata de carreira — ou por lazer. Ao ver tantos detalhes — potes, peças pequenas e delicadas; imagens de sereias, piratas e anjos de madeira enfeitando as proas dos barcos que Neruda colecionava, além de conchas, dentes de cachalotes e baleias; peças de metal da Ásia, imagens de deuses, máscaras da África e até singelas garrafas de areia com imagens de Salvador, presentes de seu amigo Jorge Amado — percebi a riqueza de sua própria vida. Tantos detalhes, tantas histórias. Ao entrar em cada ambiente, não se via um espaço vazio ou que não estivesse preenchido por um objeto ou uma lembrança. Diante de uma janela, de onde se avistava a praia apenas alguns metros à frente, havia uma escrivaninha. Sobre ela, uma caneta com tinta verde, a cor com que o poeta escrevia seus versos. Perguntado certa vez sobre isso, respondeu que escrevia com a cor da esperança.

Nessa casa ele recebia seus amigos e celebrava a vida. E ao me ver ali, imaginei por alguns instantes ser um deles e revivi as mesmas sensações da noite anterior em Santiago. Descobri, graças a Neruda, o gosto pela escrita, pelos amigos, o amor às artes, aos objetos e à história, o amor ao mar.

Ao sair, vi junto à parede, na entrada da loja de suvenires — todo museu tem uma e esse não era exceção —, uma frase de sua autoria, que traduzo livremente: "Se todas as águas dos rios são doces, de onde vêm as águas salgadas do mar?"

9 — Meu Pai e a Missa em Londres

Esta história ocorreu nos idos de 1966, quando meus pais se aventuraram pela primeira vez no velho continente.

A viagem transcorria normalmente, os dois se divertindo e descobrindo que era possível existirem outros lugares aprazíveis além do Rio de Janeiro. Meu pai ia ao Rio semanalmente e achava que, além de a cidade ser realmente maravilhosa, não havia, segundo ele, necessidade de se tirar férias, uma vez que ele mesmo nunca "descansava". Eu acreditava piamente nisso, e o aceitei quando mais tarde fui trabalhar com ele: a pretexto de exemplificar serem as férias completamente desnecessárias, negou-as a mim por muitos anos, enquanto se esforçava para continuar indo ao Rio semanalmente.

Mas isso são águas passadas.

Meu pai nunca foi muito católico, mas sempre gostou de padres e, principalmente, de missas.

Era domingo. Ele, minha mãe e o resto do grupo se dirigiram à catedral de St. Paul para assistir à missa dominical. Meu pai era um dos mais entusiasmados. Era uma oportunidade de conhecer uma igreja nova e um novo padre, não importava que fosse estrangeiro e falasse inglês; afinal, ninguém era perfeito. Na falta do padre Pedro, calmo e gentil pároco do bairro da Floresta, em Belo Horizonte, qualquer outro serviria. O principal é que o homem era padre. O resto não interessava.

Estava muito frio em Londres, e foi com grande alívio que o grupo adentrou a Catedral. Não demorou muito e a missa começou. O som do órgão antigo inundou as paredes da velha nave e, mais do que tudo, os corações dos mineiros, com certeza um dos povos mais ligados às lides religiosas — uma influência do mundialmente famoso barroco mineiro, suas cidades e imagens, santos e procissões. Para aqueles ex-coroinhas, filhas de Maria e afins, ir à igreja era um ato que se aprendia na tenra idade, lá nos grotões das Gerais, local de origem de grande parte dos nossos personagens. E agora, lá estavam eles: a mineirada olhava com espanto e admiração o cenário que os rodeava; aquilo era tudo de bom, pensavam, comovidos e agradecidos por essa dádiva de Deus. Quem mais lhes poderia proporcionar tamanha emoção? Assim, absortos, nem perceberam a entrada do padre. Meu pai, completamente fascinado pela beleza e o ambiente, tremeu quando ouviu um barulho que lhe pareceu um daqueles trovões que, sem mais nem menos, assolam as montanhas mineiras prenunciando uma tempestade.

Mas, que nada: era apenas nosso oficiante, que acabara de limpar a garganta. E ele era impressionante. Sua batina negra era realçada por sua estatura e largura, que demonstrava que o pecado da gula era ainda uma das mazelas enfrentadas pelo celebrante. Seu rosto, redondo e largo, demonstrava autoridade e, sobretudo, que não estava ali para brincadeira. Seus olhos, extremamente azuis, vasculharam todos os vestígios da catedral; nada lhe escapava. Um silêncio descomunal se impôs no ambiente. Seu cabelo ralo e vermelho foi jogado para trás, com o gesto de uma mão que poderia ser descrita como descomunal. Se fosse jogador de basquete, seguraria com ela não uma, mas duas ou mais bolas oficiais sem o menor esforço. Era uma figura que, por si só, impunha respeito e, por que não dizer, terror. Ai dos pobres pecadores que se opusessem a esse emissário da igreja! Meu pai estava entre admirado e estarrecido; aquilo, sim, é que era padre. Se pudesse, importaria uns dois para comandar as procissões da Semana Santa.

E então tudo começou: o órgão parou e o representante do clero iniciou seu sermão. Tudo nele era impositivo: a altura da sua voz, a força dos seus gestos. O homem suava, bufava e expelia saliva aos menos avisados, próximos por demais do púlpito. Meu pai não mexia um músculo sequer, assim como os demais excursionistas, que já não sabiam se tinha sido tão boa ideia o passeio eclesiástico. O certo é que o homem estava bravo, e seu inglês britânico assolava os ouvidos dos incautos brasileiros, bem como os de todos que se encontravam na missa. Era uma visão de estremecer os corações mais endurecidos, e todos aqueles que tinham mais do que o pecado nosso de cada dia.

Meu pai começou a se preocupar. O homem apontava o dedo em riste e soltava o verbo. Apesar de não entender a língua, meu pai se apercebeu da gravidade da situação. O que de início parecia uma grande oportunidade de fé, mudava de figura.

— Ai, que saudades do padre Pedro — murmurou por entre os dentes.

Naquele momento o ministrante, como se tivesse escutado sua lamentação, saiu de trás do púlpito, estendeu o braço para os ouvintes aterrorizados e movimentou a mão em direção a todos. Em seguida, com um gesto brusco, apontou o polegar para baixo.

Meu pai não aguentou e, num misto de coragem e desespero, agarrou o braço de minha mãe e exclamou exaltado:

— Vamos embora, o homem nos mandou direto para o inferno!

Minha mãe, que falava um inglês razoável, aprendido no internato da Imaculada Conceição, retrucou com o ex-devoto:

— Você enlouqueceu, homem? O padre terminou sua homilia e, como está muito frio, convidou a todos para tomar uma dose de conhaque ou café, para nos aquecermos. A igreja tem embaixo da nave uma lanchonete e um local para adquirirmos lembranças religiosas.

Meu pai não se fez de rogado. Saiu correndo em direção à cantina e exclamou, com o alívio de ter escapado das regiões de fogo:

— Graças a Deus! De uma praga de um padre bravo desses não escapava um.

A partir desse dia, dispensou as outras missas que a excursão tinha planejado. Sem entender nada, o padre Pedro recebeu na semana seguinte um cartão de Londres: "Padre Pedro, que Deus o conserve e lhe dê saúde. Assinado, um devoto".

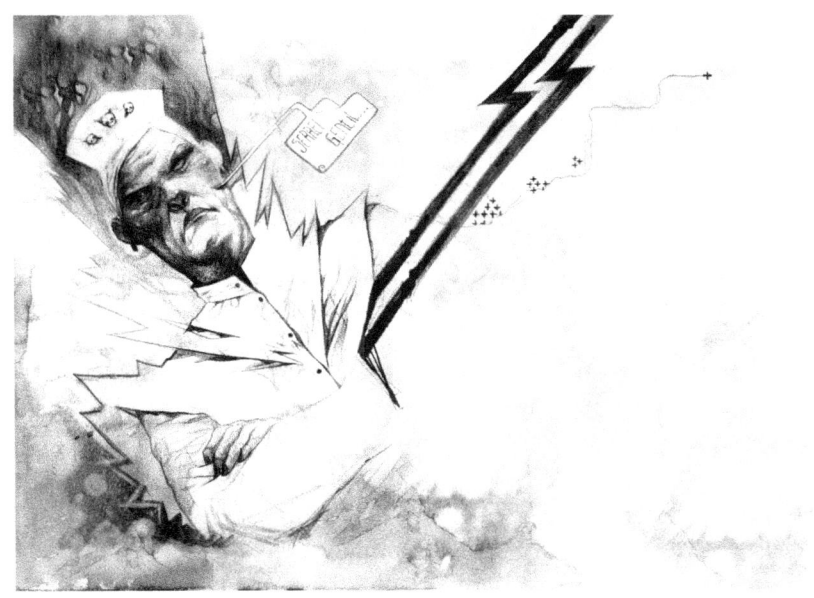

10 — Escápula se for Capaz

Eu jamais poderia imaginar que o ato de praticar esportes me levaria a um mundo novo.

Estou falando desse lugar desconhecido por alguns, mas, infelizmente, muito visitado pela maior parte dos pobres mortais do planeta: a clínica de fisioterapia.

Desde que o homem resolveu ficar em pé, ou melhor, se pôs de pé contrariando sua estrutura física — mais adequada ao apoio nas quatro patas, digo, pés e mãos —, adquirimos um compromisso com a dor nos pés, nos joelhos, nas articulações e, principalmente, na coluna. Esta, coitada, sobrecarregada nos homens pela gordura cultivada graças à cerveja, aos torresmos e a tudo aquilo que gostam de comer e beber, e que, sabe-se lá por que, concentra-se na região abdominal. A mulher, livre dessa praga maldita, é abençoada por uma disposição inata ao aumento dos glúteos, vulgo bumbum, que, apesar de — segundo extensas pesquisas — reconhecido como um dos atributos mais apreciados pelo sexo oposto, vem adquirindo proporções alarmantes, depositário do mesmo acúmulo que acomete os homens, sendo que nesse caso tal protuberância não se explica só por aptidão física, havendo várias outras hipóteses, tais como: olho gordo; beliscões de toda monta, consentidos ou nem tanto; minúsculas tangas que, ao adentrar indevidamente a divisão central dos glúteos, sobrecarrega as laterais, facilitando sua queda; até sua exaltação indevida pelos veículos de comunicação, com termos como "poposuda" e afins.

O certo é que homens e mulheres se candidatam, mais cedo ou mais tarde, a frequentar uma sessão de fisioterapia. Isso, sem falar nas distensões de toda ordem, torções, fraturas e machucados que ocasionalmente podem nos acometer: no meu caso específico, em idos tempos, na época em que jogava futebol com os amigos.

O que costumava ser raro, se acentuou com a chegada dos 40. Rompi ligamentos, sofri torções e coisas do gênero, até que, cansado de me machucar, abandonei a prática futebolística e mudei de esporte.

O problema é que, ao fazê-lo e me decidir pelo tênis, alcancei patamares de dor jamais imaginados. Por iniciar a prática já mais velho, e sem a orientação correta, lentamente, mas com determinação, fui afetando o meu braço. Logo surgiu uma inflamação no cotovelo — vulgo "cotovelo de tenista", muito comum principalmente em esportistas de fim de semana, que não aplicavam corretamente o golpe de tênis que queriam executar. Acreditava que seria possível evitar a fisioterapia até o dia em que, ao tentar no escritório pegar um livro de tamanho exagerado, senti uma dor lancinante me atingindo, a princípio no braço e depois no corpo todo. Parecia que me arrancavam o braço direito. Sentei-me à minha mesa e decidi:

— Vou me tratar!

No dia seguinte, dirigi-me a uma clínica indicada por um amigo. O prédio era antigo, mas a placa afixada na fachada enchia de ânimo os pacientes incautos que nela acreditavam: "Centro de Reabilitação Corporal Geral".

Confortado, entrei no lugar. Era um edifício de dois andares com uma grande recepção, onde duas atendentes se esforçavam para atender quatro aparelhos telefônicos, marcar as consultas e encaminhar os pacientes para o tratamento, que funcionava no segundo andar. Uma rampa auxiliava os que estavam em cadeira de rodas.

A sala de espera estava lotada: em torno de cem pessoas aguardavam o chamado. Todos, ao chegar, recebiam uma senha. Recebi a minha e aguardei resoluto. Parecia uma fornada de pão: de hora em hora, o autofalante chamava os necessitados. Ao ouvir o número, devíamos nos dirigir à rampa. Não demorou muito e ouvi:

— Pacientes de número 35 a 85, queiram se dirigir ao local de tratamento.

Assustado, vi diante de mim se realizarem verdadeiros milagres. Pessoas que entravam se arrastando se levantavam subitamente, trincavam os dentes e se dirigiam como podiam rumo à rampa de acesso. Jovens, velhos, homens e mulheres se acotovelavam, procurando ser os primeiros da fila. Foi quando o meu companheiro do lado, mais experiente, esclareceu:

— A senha é só para entrar na sala de tratamento. Os dez primeiros que entram são atendidos pela fisioterapeuta. Os outros 50 são atendidos por duas estagiárias novatas, que só aguentam trabalhar na clínica por dez dias. Depois se tornam pacientes também — explicou-me pacientemente, um leve sorriso irônico nos lábios.

Agora eu compreendia a razão de o meu plano de saúde ser tão barato e, principalmente, oferecer ilimitadas horas de fisioterapia. Enquanto fazia minhas reflexões, a guerra atingia proporções alarmantes: todos se engalfinhavam em busca da oportunidade de chegar ao fim da rampa. Bengalas eram armas poderosíssimas, sendo brandidas com fúria pelos mais velhos; cabelos eram puxados, camisas rasgadas, uma loucura. Assim subiram todos e, por milagre, passaram pelo umbral da sala de tratamento. Alarmado, olhei para o colega, que me advertiu:

— Cuidado com a sua turma, você é o único novato!

Engoli em seco e me preparei. Iria me curar, nem que isso me custasse a própria vida. Decidido, aguardei a hora da batalha.

— Atenção, pacientes de números 61 a 101. Dirijam-se à sala de tratamento.

Disparei como um louco em direção à rampa. Senti que tentavam me puxar e desferi em alguém uma cotovelada, com o braço machucado. A dor me atingiu de forma violenta, mas prossegui. Levei um tapa na nuca, perdi os meus óculos e um pedaço da camisa, mas, finalmente, cheguei ao segundo andar.

A sala era enorme. O cheiro de pomada anti-inflamatória se espalhava pelo ambiente. Por todos os lados, havia pessoas esticando cordas, pondo gelo em ombros, cotovelos, pés e mãos. Vários pacientes tinham feito cirurgias de grande porte; havia cicatrizes de todos os gostos e tamanhos.

No centro da sala, uma figura se destacava. Era uma mulher de boa aparência, de olhos verdes e cabelos ruivos, extremamente forte, com a musculatura definida e um sorriso sádico nos lábios: a doutora Gertrudes, minha fisioterapeuta. Sim, eu era um dos dez afortunados que ela iria tratar pessoalmente. Naquele momento, nossos olhos se cruzaram; ela sorriu para mim de um jeito que arrepiou os cabelos da minha nuca, e exclamou:

— Só um minuto que já vou te atender!

Dizendo isso, esticou tanto o braço de um rapaz que o coitado berrou:

— Doutora, assim a senhora quebra ele outra vez!

Ela não se fez de rogada:

— Sossega, Geraldo, que está quase no lugar.

POOC!!

— Pronto, eu não disse que ia conseguir?

O rapaz não respondeu. Desmaiara com o último puxão.

— Renata! — gritou a fisioterapeuta. — Põe esse frouxo na cama e quando ele acordar diga que o tratamento dele terminou.

Em seguida, perguntou-me gentilmente, enquanto pegava o meu braço:

— Boa-tarde, meu filho. Como você está?

— Olha, doutora, na verdade eu estou ótimo. Estava com uma dorzinha aqui, mas já passou.

— Que isso? Deixe de bobagem. Já vi que seu cotovelo está inchado, vamos tratar dele agora. Renata, traga o gelo, rápido.

Enquanto me segurava pelo braço, já examinava e instruía os outros pacientes.

— Você, estique essa escápula! Estica, senão eu vou aí. Maria, abaixa o queixo, mais, mais, mais. Eu disse, maaaaiiisss! Você: ponha a mão em cima da mesa. Põe logo, anda! Já falei para pôr!

Colocou-me em cima da mesa, enfaixou meu cotovelo com o maior volume de gelo que eu já tinha visto em toda a minha vida, apertou junto ao meu braço com uma faixa e exclamou:

— Pronto!

E foi cuidar da vida.

Eu ali, quieto, com medo de que ela voltasse, me perguntava se meu esporte valia tanto sacrifício. O tempo se arrastava. Molhado de suor, enquanto o meu braço lentamente se congelava, aguardava em silêncio. Depois de 40 minutos, ouvi a voz da fisioterapeuta:

— Renata, tira o menino do gelo que eu me esqueci dele!

Havia uns quinze minutos eu já não sentia o braço. No entanto, apesar da aparência escura, tinha que reconhecer que não sentia mais dor. Na verdade, nem o braço eu sentia mais.

— O senhor pode ir. Se a coloração persistir, vá ao pronto-socorro mais próximo com urgência — explicou-me a estagiária, delicadamente.

Na dúvida, deixei rapidamente o local. É impressionante o que o medo e uma boa fisioterapia podem fazer por uma pessoa.

11 — Uma vez, no Verão

Eu tinha 18 anos e, dentro de mim, algumas respostas. E muito mais dúvidas pela frente. Tinha, principalmente, um verão inteiro na praia.

Eu estava apreensivo. Nada que eu planejara vinha funcionando conforme o esperado. Eu devia ter tirado a carteira de motorista, pois iria à praia com o carro de minha mãe. Tudo certo, exceto por um pequeno detalhe: o examinador do Detran ignorava meus compromissos e responsabilidades; me reprovou logo depois de iniciado o exame. Creio que não tenha sido por maldade, mas por falta de comunicação. Era muito mais velho do que eu e, naquele tempo, o conflito de gerações estava na ordem do dia. Acredito que não tenha gostado da minha bolsa de couro, da minha túnica e do meu colar indianos, dos meus cabelos e barba compridos. Enfim, acho que não foi com a minha cara. Ele me disse, com uma voz de quem demonstrava autoridade e tinha o destino da minha carreira automobilística em suas mãos:

— Você vai seguir o rapaz que está à sua frente na motocicleta, pois ele vai prestar exame antes de você. Não o perca de vista!

Olhei resolutamente para a autoridade e pensei comigo: *Seguirei essa moto até o inferno, seguirei sua pista como um velho sabujo.*

Assim determinado, esperei no meu *cockpit*. Minhas mãos suadas poderiam aparentar algum tipo de nervosismo, mas, que nada, por dentro eu era só gelo e determinação. Quando o motoqueiro partiu, eu já estava em seu encalço. Ele virou à direita, eu também; ele dobrou à esquerda e eu ali atrás, colado em seu escapamento; ele furou o sinal vermelho e eu o segui, incontinente.

— Pode parar, meu filho. Você já perdeu o exame!

Não sei por que razão, pareceu-me ter visto pela primeira vez alegria e satisfação nos olhos do meu acompanhante, que arrematou:

— Daqui a 40 dias você pode repeti-lo.

A sentença me pegou em cheio. Meu verão desaparecia à minha frente: praia, sol, bebidas, garotas e alegria, tudo perdido. Sem contar os amigos, pois, como não tinham carro, tudo estava em minhas mãos. Mas eram mais que amigos, eram meus irmãos; eles compreenderiam, me dariam força.

— Você o quê? — disse Tide, estupefato.

— Não passei no exame!

— Porra, o que vamos fazer agora?

— A gente pode ir de ônibus — respondi, esperançoso.

— Legal! Vamos de ônibus! Vamos a pé, e com todo o nosso charme nos divertimos no calçadão! Você enlouqueceu?

Naquele momento, caí na realidade. Uma garota ao meu lado, o vidro aberto, a brisa marítima no meu rosto, o som alto no carro, os cabelos compridos e revoltos da garota, seu sorriso perfeito nos lábios convidativos, a música, falando por nós dois: *Oh, baby, baby it's a wild world!*

— Porra, Guta, como é que vamos fazer? — indagou Tide, com razão.

Bom. Depois de ter conseguido convencer meus amigos de que não valeria a pena estragarem suas vidas com algum ato de agressão impensado, surgiu a ideia de um comitê de embaixadores para falar com os meus pais, a fim de que autorizassem Bruno, o mais velho de nós e o único que trabalhava, a dirigir o veículo.

Assim, no dia certo, a comitiva foi à minha casa. Horas antes, abracei com insistência a minha mãe, disse que a amava muito (o que era verdade) e, desesperado, contei que a minha vida estava em suas mãos, meu destino, meu futuro, minha felicidade, enfim, tudo. Ela, olhando para mim, sem preocupação, indagou:

— O que foi que você aprontou dessa vez?

E eu lhe contei toda a minha epopeia. Ela sorriu no final:

— Traga os meninos amanhã. Vou falar com seu pai.

E assim foi feito. No dia seguinte, a missão diplomática dos sem-carro foi à minha casa e, depois do mais belo discurso que eu já tinha ouvido na vida, proferido pelo Bruno — só me lembro de algumas palavras e trechos: responsabilidade, oportunidade de novas experiências, novas maneiras de ver o mundo —, meu pai autorizou a viagem.

Até hoje me lembro daquele momento. Eu não acreditava, em um instante era o fim e, de repente, o recomeço. A alegria foi tanta que, ao nos vermos no passeio, disse aos amigos, num arroubo de alegria e alívio:

— Vamos tomar uma cerveja no Ali Ba Bar! Eu pago!

Eles olharam, incrédulos, para mim. Estava realmente fora de mim, pois raramente eu era tão generoso. Felizes, nos abraçamos e seguimos pela rua.

Éramos jovens, tínhamos um futuro inteiro pela frente, e, principalmente, um carro para ir à praia. Mas esta já é uma outra história.

PARTE 2

12 — Meu Amigo Mael

Esta e as histórias seguintes foram vivenciadas com Mael, ou contadas por ele. São verídicas e, por isso mesmo, especiais. Tive com elas alguns dos melhores momentos da minha vida.

Emanuel, ou melhor, Mael, é meu amigo há mais de 30 anos. Com ele tive o privilégio de viver muitas histórias, a maioria, para não dizer todas, como coadjuvante: de tanto rir, eu não tinha forças para mais nada.

Como é o personagem central de todas elas? Deixem-me, primeiro, descrever o meu amigo.

Fisicamente, se parece com uma mistura de Kirk Douglas, no papel de Spartacus, com Robert Redford. Adicione um pouco de sangue lusitano, pois o gajo é descendente direto de portugueses, e mais um tanto de outras coisas. Pratica esportes, principalmente os mais desgastantes, como natação, alpinismo e ciclismo, o que é ótimo quando se é jovem, mas com mais de 40, é fogo. O pior é que o cara não parece envelhecer, como se tomasse a melhor vitamina do mercado. O certo é que está sempre disposto a nadar 1000 metros, ou escalar uma montanha, ou ainda pedalar por 30 km. Pode ser bom para ele, mas é difícil para nós, pobres mortais, acompanhá-lo.

Acho que tal capacidade atlética se deve principalmente ao seu coração. Fisicamente falando, e também em termos espirituais, Mael tem um grande coração. É um cara bom, e mesmo quando conto suas histórias mais engraçadas ou incríveis, ele sorri, ou melhor, solta gargalhadas, como só um homem feliz consegue fazer.

Tenho o privilégio de conviver com ele nos bons e nos maus momentos, mas nunca o vi reclamar da própria sorte. Eventualmente, eu o vi triste, um pouco desanimado, mas parece que um dos destinos de sua vida é nos fazer sentir bem com sua presença.

13 — O Caçador de Tiú

Anualmente, eles viajavam juntos. Mael e Gustavo eram amigos de infância, tinham a mesma idade, casaram-se mais ou menos na mesma época e os filhos vieram praticamente na mesma ocasião. E, o mais importante, Mabel e Valéria, suas respectivas esposas, tornaram-se grandes amigas, pois não há amizade que resista entre dois casais se as mulheres não se derem bem.

As viagens de fim de ano eram esperadas ansiosamente pelas duas famílias. Os dois amigos, apesar da longa convivência, eram muito diferentes. Mael apreciava esportes radicais, pesca submarina e todo tipo de atividade que tivesse contato com a natureza. Gustavo não tinha toda a disposição do amigo para esportes, mas os praticava em ritmo menor, normalmente em academias. Enquanto um era todo aventura, o outro era afeito a uma vida mais urbana. Mael era engenheiro mecânico e Gustavo, advogado, mas nada disso os impedia de manter uma sólida e forte amizade.

O problema principal era o ritmo. Enquanto Mael era só aventura, Gustavo, embora não as desprezasse, preferia que certos limites fossem observados e tudo fosse muito bem planejado.

Naquele verão, tinha sido consenso entre todos a viagem ao sul do país, para o estado de Santa Catarina. A divergência era a definição da localidade. Enquanto Mael propunha uma praia distante e mais selvagem, Gustavo preferia as da cidade de Florianópolis. Após ampla discussão e consulta às bases, ou seja, às respectivas companheiras, se decidiram pela aventura em detrimento do conforto. O argumento vencedor se baseou no tipo de atividades que os filhos tinham durante todo o ano. Estavam totalmente absorvidos, segundo Mael, por jogos eletrônicos, *junk food* tipo McDonald's e o computador. Gustavo, sem argumentos, teve que concordar, até porque André, seu filho, enquadrava-se exatamente no quadro descrito pelo amigo.

Assim, ficou decidido que iriam para a praia do Rosa, no extremo de Santa Catarina. Segundo Mael, era um lugar lindíssimo e ecologicamente preservado, o local preferido, segundo ele, para o nascimento dos filhotes das baleias Jubarte. Gustavo não via nessa maternidade cetácea especializada a oitava maravilha do mundo que o amigo percebia, mas aceitou a informação com entusiasmo. Não sem antes ponderar:

— Ok, vocês venceram, vamos para a praia do Rosa ver as baleias terem filhotes, etc. Mas todas as aventuras serão opcionais. Estou extremamente cansado, estressado mesmo. Então, neste verão, quero ficar à toa, sem nenhum tipo de obrigação.

— Ah, Gustavo, você não captou o espírito da coisa. Quando praticamos esportes, liberamos endorfina, um hormônio natural, que nos traz uma enorme sensação de bem-estar!

— Pode ser, mas eu prefiro tomar uma Marguerita, sentar numa espreguiçadeira e ler um bom livro. E se eventualmente eu não sentir um enorme bem-estar, tomo outra Marguerita.

— Tá bom, cara, mas quando você olhar aquele mar azul, aquela areia branca, você vai ser outra pessoa — explicou Mael ao amigo executivo.

E assim foi feito. As duas famílias partiram. A de Mael foi de carro, a fim de curtir as paisagens e levar suas tralhas, compostas por toda sorte de equipamentos: duas *mountain bikes*, equipamentos para pesca submarina e alpinismo, pranchas e uma quantidade de outros objetos de difícil definição que Mael levava independentemente do destino, tais como diversos porta-trecos, mapas de todos os lugares do mundo, cantis de todos os formatos, colchonetes, panelas e sabe-se Deus mais o quê.

Enquanto isso, a de Gustavo pegava um avião no aeroporto, levando o mínimo de bagagem possível. Desceriam em Florianópolis e depois alugariam um carro para percorrer os cem quilômetros restantes até a praia. Gustavo não teve problemas para localizar a pousada, e esta, apesar de rústica, agradou-lhe sobremaneira. Localizava-se em um ponto alto, bem defronte à Praia do Rosa. Tinha uma bela vista do mar e seus donos vieram recebê-los com bastante cordialidade. Havia uma construção maior que dominava o centro do terreno, que media cerca de cinco mil metros. Em torno dela se encontravam os chalés, dispostos de tal maneira que resguardavam a privacidade de seus ocupantes. Um gramado bem cuidado dava ao ambiente uma sensação de paz e tranquilidade. Gustavo respirou fundo, observou a paisagem e refletiu, com um sorriso nos lábios:

— Aquele Mael é danado! O lugar é lindo e essas férias prometem!

Enquanto ainda relaxava, devaneando, ouviu o barulho forçado de um motor, tentando vencer a encosta que levava à pousada. Sim, era o nosso amigo Mael que, por ter saído de casa dois dias antes, chegava ao destino quase ao mesmo tempo em que seus companheiros de férias.

Gustavo olhava, admirado, a chegada do amigo. A perua Quantum parecia prestes a se desmanchar; era absolutamente incrível que um veículo de passeio pudesse suportar tanta carga. Em cima do teto, presos atrás e por dentro do veículo, em suma, por todos os lados, bagagens, objetos e tranqueiras amarrados por cordas e se equilibrando de uma forma improvável. A buzina, tocando sem parar, avisava a todos da região da chegada da trupe.

— E aí, meu irmão? Não é lindo como eu te falei? — disse Mael, já saltando do carro e cumprimentando o amigo.

— É, Mael, tenho que dar a mão à palmatória. O lugar é maravilhoso!

— Eu te disse, cara, essas férias vão ser as melhores da sua vida!

— Pai! Pai! Vem ver o que eu vi! — exclamou, excitado, Felipe, o mais novo dos filhos de Mael.

— Calma, filho, o que foi que você viu?

— Um tiú, pai, maior do que aquele peba que nós caçamos lá na Serra do Cipó!

— Onde ele está? — indagou o caçador mineiro, com um jeito selvagem no olhar.

— Tá deitado no gramado, perto dos chalés.

— Vambora! — exclamou Mael para o filho, e, ato contínuo, saiu correndo em direção ao carro estacionado há pouco.

Gustavo observava tudo sem nem ter tempo de entender o que estava acontecendo. O amigo já surgia esbaforido, trazendo à mão um arpão de caça submarina. Passou como um corisco pelas pessoas na recepção e se dirigiu para o grande gramado que se encontrava à frente. Atrás dele, o filho, que era todo excitação, gritava sem parar:

— Pega ele, pai! Pega ele!

Atrás deles, vinha uma senhora loura, meio gorda, que gritava sem parar:

— Não mata ele, não, moço! Ele é da casa, nós criamos ele desde menino!

Ela gritava e chorava desesperada, correndo atrás de Mael e seu rebento. Mael, ensandecido pela caçada, não perdia os movimentos do lagarto. Sim, o Tiú é um tipo de lagarto, que pode chegar a 30 cm ou mais de comprimento, e para algumas pessoas é uma iguaria rara.

Zezinho fora criado por dona Dolores, a dona da pousada. Ela se divertia vendo o animalzinho se desenvolver: primeiro numa caixa de sapatos, depois num cercado e finalmente no gramado. Ele se acostumou ao movimento das pessoas e levava a vida numa boa. Mas, agora, tudo mudara. Ao ver aquele diabo louro correr em sua direção, não entendeu de imediato o perigo que corria. Mas, ao sentir a ponta do arpão atirado por Mael raspar em suas costas e fincar à sua frente, seus instintos o avisaram de que era risco de vida. Disparou em direção à floresta que cercava a pousada, cerca de uns duzentos metros à frente.

— Pega ele, pai, que o bicho quer fugir! — gritou Felipe, a plenos pulmões.

— Sem chance! — berrou Mael de volta. E em seguida:

— O bicho tá no papo! — gritou de volta ao filho, atirando de novo o arpão e perdendo Zezinho por um triz. O bicho corria feito um louco, num ziguezague ensandecido.

— Acode, gente, o moço vai matar o meu menino! — Dona Dolores dava tudo de si, correndo atrás do safári improvisado. Com uma sandália num pé só, cabelo desgrenhado, tentava impedir o assassinato de seu animal de estimação. Zezinho sentiu a barra. Viu que sua vida civilizada chegara ao fim, e que sua única chance estava na floresta à frente. Virou o rosto, como se dissesse adeus a dona Dolores; no instante em que o arpão quase lhe atingia o rabo, mergulhou nos arbustos e sumiu. Dizem que foi visto tempos depois na divisa com o Rio Grande do Sul, e que ainda continuava correndo.

— Você matou o meu menino! — o grito de dona Dolores foi terrível.

— Que menino? — indagou Mael, ainda ofegante pela corrida, voltando-se para a dona da pousada.

— O Zezinho, seu monstro! — ela disse, já tentando lhe socar o peito.

Sem entender o que se passava, Mael tentava segurar a mulher enlouquecida.

— Calma, minha senhora, o lagarto fugiu — disse, compreendendo enfim a situação.

— Seu monstro, saia imediatamente da minha pousada!

— Mas, minha senhora, era apenas um lagarto. E o bicho fica muito gostoso feito na panela com batatas e cebola!

— Fora, seu canibal nojento. Se você ficar aqui mais um minuto, quem te come com batatas sou eu — ameaçou a mulher, já babando de raiva. Em seguida, virando-se para Gustavo, que a tudo acompanhava estarrecido: — E você vai junto! Quem é amigo desse louco também não fica em minha casa!

— Mael, o que foi isso?

— Não sei, Gustavo, acho que a mulher enlouqueceu. Esse escarcéu todo por causa de um bicho! Não liga, não, daqui a uns duzentos quilômetros tem uma pousada melhor que essa. Bora, Felipe!

E assim dizendo, entrou no carro da mesma forma que havia descido, partindo numa nuvem de poeira. Completamente estarrecido, Gustavo viu o amigo partir. Olhou para o resto da família, igualmente desolada, e exclamou:

— É, gente, o caçador de tiú nos desalojou. Vamos juntar nossas coisas e voltar para Florianópolis. Meu coração não suporta outra caçada desse porte.

Dizendo isso, juntou as coisas, entrou no carro e partiu em direção oposta à dos caçadores do tiú perdido.

14 — A Estante Perfeita

Nunca fui bom em trabalhos manuais, o que não me impedia de admirar o trabalho daqueles que têm uma habilidade inata. Sempre me empolguei com os filmes americanos sobre a conquista do oeste, principalmente um mais antigo e que foi recentemente refilmado, "O Último dos Moicanos": um homem sozinho na natureza, sobrevivendo graças às suas habilidades e aptidões. Com suas mãos, fazia barcos, camisas, arcos e só Deus sabe o que mais.

Acho que não conseguiria sobreviver naquela época porque tenho um trauma desde o jardim de infância, quando a professora, com sua voz potente, anunciava:

— Crianças, peguem as tesouras!

Eu começava a suar. Retirava da merendeira a minha tesourinha, comprada na Papelaria Rex, e me preparava para o suplício. A tesoura era utilizada diariamente na aula de trabalhos manuais. Eu soube mais tarde que tal prática servia para que as crianças desenvolvessem a coordenação motora e, eventualmente, o amor pelas artes. No meu caso, não funcionou. Entre papéis-crepom de todas as cores, eu deveria cortar bandeiras para enfeitar a escola: era a contribuição da minha turma do 3º período para a festa de São João.

Eu me esforçava como um louco. Segurava com firmeza a minha ferramenta de trabalho e recortava, determinado, os terríveis estandartes. Mas era um desastre! Enquanto meus colegas se divertiam com a tarefa e, de suas mãos, saíam bandeiras de todas as cores e matizes, das minhas saíam alguns objetos que as pessoas — como minha professora —, com muita boa vontade, admiravam como se fossem obras de arte:

— Está ótimo, Gustavo, mas se você se esforçar ficará ainda melhor!

Meu coração se alegrava com a compreensão da minha mestra, mas meu senso crítico, já desenvolvido desde aquela época, me dizia outra coisa. Para piorar, meu melhor amigo Mael, que se sentava na cadeira ao lado — pois os alunos eram dispostos em duplas —, cortava bandeiras como um demônio. Eu tinha mesmo a impressão de que ele estava possuído, um estado completamente inexplicável de comportamento. Era isso que eu entendera ao escutar minha tia do interior conversando com minha mãe sobre Martha, sua vizinha, viúva, que saía todas as noites para namorar. Segundo ela, sua amiga estava com algo no corpo, e dizendo isso fazia o sinal da cruz. Só havia uma justificativa para o seu comportamento: ela estava possuída.

Quanto a mim, aprendi que quando uma pessoa age de maneira completamente sem explicação, explicação tem. E o Mael parecia que estava contaminado por algo assim, algo que eu não podia explicar. Como a amiga da minha tia, ele deveria estar doente. Que outra razão poderia haver para tanta habilidade? Alguma força ou coisa sobrenatural fazia dele um mestre nesse *métier*. Entre admirado e aterrorizado, eu o admirava com os olhos arregalados enquanto ele executava seu trabalho.

Mais de dez anos se passaram. Continuávamos amigos, eu com 16 e ele com um ano a mais, mas a nossa diferença continuava também: Mael era hábil em todo tipo de atividade manual e eu, um desastre. Meus sentimentos eram contraditórios. Admirava a habilidade dele e, ao mesmo tempo, tinha raiva da minha completa falta de jeito. Cursávamos o científico, o que hoje corresponderia ao Ensino Médio. Estávamos naquela fase de querer impressionar as garotas da sala, e para isso não havia ninguém melhor do que o meu amigo. Fazia pulseiras de todos os tipos, com miçangas e pedras coloridas, cintos, brincos. Era uma fábrica ambulante. E oferecia suas obras às meninas, que se deliciavam com os mimos.

Há algum tempo, no entanto, o meu amigo artesão andava sumido, não jogava bola, não ia a festas. Ou seja, estava com algum novo projeto secreto em desenvolvimento. Decidido a esclarecer o mistério, chamei duas colegas da sala, Cristina e Ana, para irmos à casa dele com a desculpa de vê-lo trabalhar em novas bijuterias. Elas aceitaram, entusiasmadas, e eu fiquei muito animado, pois devo confessar que tinha uma queda pela Ana e sabia, pelos olhares apaixonados que Cristina dirigia ao Mael na sala, que ela sentia o mesmo pelo meu amigo. Como elas eram amigas, juntei a fome com a vontade de comer. Cristina aderiu logo ao meu convite:

— Vamos, Ana! Vai ser incrível vê-lo trabalhar!

— Tá legal, vocês me convenceram! — Ana exclamou, vencida, nos encarando com seus belos olhos verdes e sorrindo.

Valha-me, Deus! — pensei com meus botões. — *Essa garota é demais!* — apaixonado, olhei-a com ternura.

— Ok! Então, vamos logo! — disse, despertando do meu devaneio e me levantando do murinho onde conversávamos.

Começamos a caminhar em direção à casa de nosso colega, que morava perto do colégio onde estudávamos.

— Bom-dia, Dona Mariinha. O Mael está? — indaguei, educadamente.

— Bom-dia, Gustavo. Bom-dia, meninas! Entrem, ele está lá embaixo na oficina — disse a mãe do meu amigo.

Descemos a escada que levava à oficina. Era uma casa antiga, de dois andares. Embaixo ficava a garagem e, atrás dela, um pátio. No fundo deste, Mael construíra uma marcenaria, sua mais nova atividade e seu atual xodó. Nos dirigimos para a coberta que protegia a marcenaria de nosso artesão. O barulho da serra era ensurdecedor. As meninas protegiam os ouvidos com as mãos e eu, para mostrar minha força e disposição, caminhei em direção ao barulho como se ele não me afetasse.

— Mael! Mael! — berrei na direção do meu amigo, que, debruçado sobre uma prancha de madeira, sem camisa e completamente suado, insistia em mantê-la em direção à serra circular, que a dividia em duas.

— Maeeel!

Ele levantou os olhos. Se apercebendo de nossa presença, esticou a mão esquerda e desligou a máquina.

— Poxa, que surpresa! — exclamou, nos dirigindo um sorriso.

O homem era só serragem e pó, grudados no corpo todo, mas percebi o impacto que tal imagem de trabalhador braçal causou nas meninas. *O cara é um monstro!* — pensei comigo, já questionando se teria sido uma boa ideia convidar Ana para o covil do lobo.

— Oi, Mael — disseram, quase juntas, as minhas colegas, entusiasmadas, com uma entonação de admiração na voz.

— O que você está fazendo? — indaguei.

— E aí, Gustavo? Agora estou fabricando móveis! — respondeu com entusiasmo o mais novo marceneiro da praça.

— É mesmo?! — exclamou Cristina, com um entusiasmo excessivo para o meu gosto.

— Que bacana! Só você, Mael, para fazer algo assim — disse a minha amada, lançando olhares para ele.

— Nossa, Mael, eu não sabia que além de tudo você era marceneiro! — retrucou Cristina, não gostando do jeito da amiga.

— Calma, gente, eu tô só começando!

— Mas o que você, afinal, está fazendo? — perguntei, já meio irritado com aquele interesse exagerado das minhas acompanhantes.

— Uma estante. Espero terminá-la dentro de uma semana!

As meninas se esqueceram completamente da minha presença. Só queriam saber dos detalhes da peça. Ao fundo, eu podia ver metade do trabalho realizado. A parte de baixo da estante já estava concluída, assim como todo o fundo do móvel. Era sólida e demonstrava claramente o cuidado na sua execução. Faltavam apenas algumas prateleiras e o acabamento final: um móvel grande e de muita beleza.

— É, Mael, você se superou — exclamei, resignado. Afinal, eu era o melhor amigo do artista.

— Crianças, venham tomar um suco — chamou, alegre, a mãe de nosso amigo.

Mael se lavou no tanque ao lado do galpão. Felizes, nos dirigimos para a sala. Foi uma tarde agradabilíssima. Mael sabia da minha queda pela Ana, e há muito se interessava pela Cristina. Ou seja: entre mortos e feridos, namoramos todos.

Passados dois meses, volto um dia à casa de meu amigo para chamá-lo para jogar bola. Ele atende à porta. Eu me lembro do seu projeto de móveis e pergunto:

— E aí Mael? E a estante?

Ele me olha meio desconcertado e diz:

— Eu vou te mostrar, mas não conta pra ninguém!

Descemos a escada e nos dirigimos à marcenaria. Lá estava ela, perfeita. Mas completamente empoeirada.

— Pôxa, Mael, ela é perfeita! Mas por que ela está aqui, jogada num canto, toda empoeirada?

— É que ocorreu um problema com ela! — disse-me, entristecido.

— Problema? Que problema? Ela é perfeita!

— É verdade. Ela ficou bonita.

— Bonita, não. Ficou linda! — reforcei meu comentário, não entendendo a falta de entusiasmo do meu amigo.

— O problema, Gustavo, é que eu me esqueci de que ela não passa na porta da escada. Não consegui retirá-la daqui — explicou-me, envergonhado com seu erro.

Não aguentei. Comecei a rir. Na verdade, sentei-me no chão, de tanto me divertir com o erro do artesão. Ele começou a rir também. E depois de me fazer jurar que não contaria para ninguém, saímos para jogar bola.

Muitos anos depois, eu vi a estante no seu quarto. Ele a serrara e montara de novo. Afinal, não era perfeita, mas servia a seus propósitos.

15 — O Mecânico Fantástico

Uma de minhas grandes paixões na juventude era andar de motocicleta.

O ano era 1976, eu tinha 18 anos e uma vontade enorme de ser feliz. Numa época em que tudo era proibido, reprimido e pecaminoso, andar de motocicleta significava tudo, sobretudo liberdade.

O país vivia em plena ditadura militar, e eu não sabia que apenas um ano depois estaria em passeatas e atos públicos pelas liberdades democráticas. Mas isso é uma outra história.

Em 1976, eu só queria namorar, beber e, principalmente, andar de moto. Meu parceiro de empreitada era o meu amigo Emanuel, vulgo Mael.

Eu tinha uma Honda 400 Four, vermelha, uma das motos mais bonitas da época. Meu pai me presenteara com ela num arroubo de desprendimento ou de loucura, pois, para colocar uma motocicleta dessas na mão de um menino, a pessoa não pode estar em seu juízo perfeito. O certo é que ele o fez, e isso para mim era o suficiente. Quem não gostou nada dessa história foram duas pessoas: minha mãe e meu anjo da guarda. Minha mãe, pelo medo de que eu sofresse algum acidente; e meu anjo da guarda, pelo esforço imensurável que faria a partir de então para me livrar deles.

E eu dava trabalho. Descia as avenidas a mais de 100 km por hora, com os cabelos ao vento (sim, é verdade, eu ainda os tinha naquele tempo). Belo Horizonte era uma cidade tranquila e as ruas vazias me convidavam a acelerar. Nessa empreitada, eu sempre estava ao lado do meu fiel escudeiro, ou eu é que era o escudeiro dele, não importa; o certo é que andávamos sempre juntos.

Mael tinha uma Yamaha 350, mais conhecida, por motivos óbvios, por "tampa de caixão". Era derivada de uma moto de competição extremamente leve e potente. Apesar de ter uma cilindrada menor do que a Honda, andava tanto ou mais que ela. Mas como Deus não dá asas a cobra, Mael é que a possuía. Ainda bem, pois além de pilotar bem melhor do que eu, era um pouco menos louco. O certo é que, nessa época, não tínhamos muita coisa na cabeça, apenas a certeza de que o mundo iria acabar amanhã e era preciso aproveitar a vida.

Pensando nisso, dirigi-me à casa do meu amigo. Tínhamos combinado por duas vezes um passeio de moto com duas gatinhas e ele tinha me dado o cano. O pior foi explicar para Paula e Claudinha que tinha surgido um problema com o Mael e não daria para a gente passear. Andar de moto em três não rolava. Eu já estava com raiva dele e fui à sua casa esclarecer o assunto. Toquei a campainha e esperei, resoluto.

— Bom-dia, Dona Mariinha!

— Bom-dia, Gustavo!

— O Mael está em casa?

— Tá, sim! Ele está lá na sala, vai entrando!

— Dá licença!

A casa do Mael tinha uma sala de estar bem grande. De vez em quando, ele se apossava dela para realizar um de seus projetos mirabolantes, tudo com a complacência da mãe, que via nisso uma possibilidade de crescimento pessoal do filho. Assim, ora a sala se transformava em confecção de roupas, ora em laboratório de ciências, ora até em salão de danças. A criatividade de seu rebento era inesgotável e ela assistia a esses esforços de criatividade e amadurecimento até com certo orgulho. Eu não entendia como ela tudo permitia, mas achava engraçado e interessante o amor e a liberdade que os pais de meu amigo proporcionavam a ele. Pensando nisso, fui entrando pela casa e, quando abri a porta de correr que separava a sala de estar da de jantar, não acreditei. Meu amigo se superava e me surpreendia mais uma vez.

— E aí, Gustavo? O que é que há? — perguntou, levantando o rosto sujo de graxa e me cumprimentando.

A cena era dantesca! A sala deveria ter em torno de uns 15 metros. Todos os móveis haviam sido retirados. Uma lona de encerado Locomotiva, desses que cobrem as carrocerias das carretas de carga na autoestrada, protegia o chão. Sobre ela, milhares de peças. No centro da sala, sentado no chão, todo sujo de graxa, meu amigo lavava, em um balde de gasolina, peça por peça. Com uma delas em suas mãos, observou, divertido, o meu espanto:

— Fala, cara! Fala alguma coisa!

— Mael, você enlouqueceu de vez! Você montou uma oficina mecânica na sala de sua mãe?

— Deixa de ser besta, sô. Eu só tô dando um trato na moto! — explicou, como se tudo estivesse claro desde o começo.

— Que moto, sô?

— A minha, pô. Você não está vendo? — e abriu os braços para a bagunça que o envolvia.

Era verdade. Reparando melhor, distingui a motocicleta do amigo. Peça por peça, ela a havia desmontado e separado as peças. Todas estavam dispostas em ordem decrescente, e brilhavam como se fossem joias.

— Cara, o que você fez? — perguntei, ao mesmo tempo admirado e aterrorizado.

— O negócio foi o seguinte: a moto estava falhando. Eu a levei no Hiroshi, aquele mecânico japonês que entende tudo de Yamaha, e ele me disse: "Mael, pra descarbonizá e limpá o moto, eu cobro 200 paus". Eu disse que ele tava louco, e que por aquele dinheiro eu construía uma motocicleta nova. Afinal, com duzentinho dá pra comprar dois engradados de Brahma.

— Olha, Mael, você já fez muita coisa louca, mas igual a essa eu nunca vi! Você se superou!

— Ah, Gustavo, presta atenção, presta atenção! Você não captou a mensagem.

— Que mané mensagem, rapaz? Eu só tô vendo que você fudeu sua moto!

— Seu jacu! Você não tá vendo que essa pode ser a nossa grande oportunidade de ganhar uma grana? Por 150 paus, eu limpo e descarbonizo qualquer moto. Nós vamos ficar ricos!

— Nós quem, cara-pálida?

— Eu e você. Assim que eu acabar de limpar a minha, vou desmontar a sua de graça. Aí, quando os caras da turma descobrirem como nossas motos ficaram dez, vão querer que a gente desmonte as deles também.

— Você pirou mesmo! Se acha que vai pôr a mão na minha motocicleta...

— Para com isso, Gustavo! É a nossa chance de levantar uma grana pra viajar de moto até Machu Pichu...

— Eu prefiro ir para Santa Luzia, enquanto você fica aqui brincando de quebra-cabeça gigante. Vou nessa, meu irmão. Depois a gente se vê.

Dizendo isso, deixei meu amigo me chamando em vão e fui para casa. Eu conhecia o cara e, se ficasse ali mais dois minutos, ele acabaria me convencendo do sucesso do negócio.

Três semanas após o episódio, comecei a ficar preocupado. Mael não me telefonara mais e eu andava de moto sozinho. Nem no colégio eu via mais o cara. Decidido a resolver a questão, fui à casa dele mais uma vez. Apertei a campainha e, mais uma vez, a mãe dele atendeu:

— Oi, Gustavo. Você tá sumido!

— É, a senhora sabe como é, época de prova! — menti, descaradamente.

— Que prova, rapaz? Eu nunca vi você e o Mael estudarem nem pra primeira comunhão! Você deve é estar aprontando. Entra, o Mael tá lá no quarto — ela disse, rindo com complacência da minha mentira.

— Dá licença! — eu disse, meio constrangido. *Mãe é tudo igual* — pensei com meus botões.

Subi os degraus que levavam ao andar de cima, onde ficavam os quartos da casa. Bati na porta do quarto do meu amigo.

— Entra! — disse o desaparecido.

— E aí, cara, tá puto comigo?

— Que é isso, sô? Você é meu irmão.

— Pô, você sumiu, achei que tinha ficado com raiva daquele dia.

— Na hora eu fiquei, mas depois passou.

— Beleza. Então vamos pegar as motos e dar uma volta, as meninas tão lá no Xodó, é a nossa chance.

— Não vai dar, cara.

— Pô, mas você não disse que não tá mais com raiva? Deixe de besteira e vamo nessa.

— Não, você não tá entendendo. Eu tô com um problema.

— Que problema, cara? Deixe de onda! Fala logo o que é e não enrola.

— Você não tá entendendo. O problema é com a moto.

— O que foi? Você caiu?

— Pior! Ela tá com o Hiroshi.

— Com o Hiroshi! Mas por quê?

— Você tava com a razão. Eu me entusiasmei achando que era fácil montar e desmontar moto. Desmontar foi até fácil. Mas na hora de montar de volta é que o negócio complicou. As peças não se encaixavam. Arrumei um manual, mas o danado era em japonês. Resumindo, tive que pôr a bicha num caixote e levar pro Hiroshi montar. E aquele japona filho da mãe, além de me gozar, me cobrou 300 paus e disse que vai demorar quatro semanas pra conseguir montar a moto de volta.

Eu não aguentei. Apesar da cara desolada do amigo, não conseguia parar de rir. Mael olhou pra mim e começou a rir também. Afinal, apesar de trágico, era cômico, era hilariante!

— Pô, Mael, essa foi demais!

— Ah, Gustavo, não enche! E se você contar pras meninas eu te mato.

— Tá bom, vambora. Eu te levo na garupa, mas se não me tratar bem eu te entrego.

Levantamos e fomos namorar.

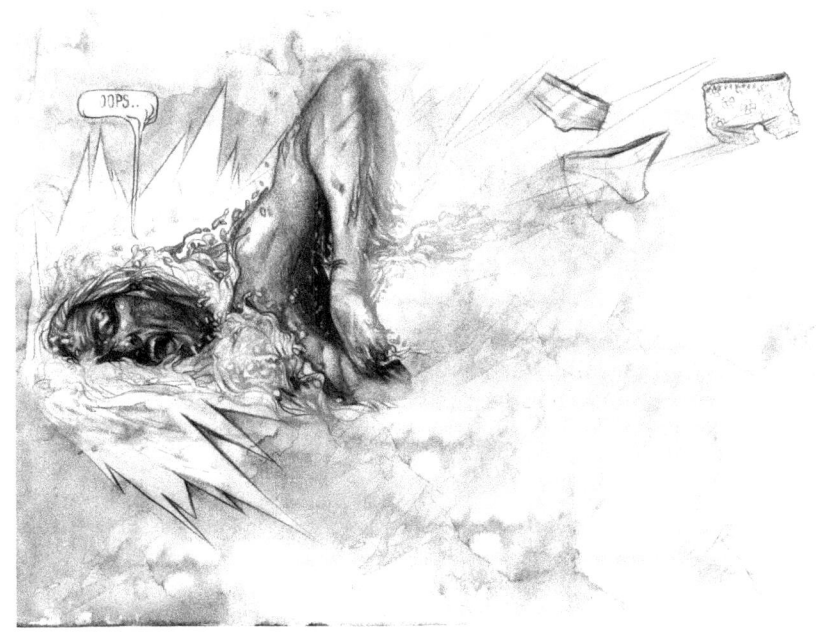

16 — A Competição de Natação

Mael sempre nadou. Mas de uns anos para cá se entusiasmou e entrou para a equipe Master de um clube da capital. Se empenhou ao máximo e foi selecionado para disputar o campeonato da categoria, no seu caso, dos 45 aos 55 anos.

Num belo dia, os atletas partiram para disputar a final do campeonato por equipes, em Uberlândia. Nosso amigo foi de ônibus, junto com o resto dos companheiros. Na viagem, só um pensamento: vitória, vitória, vitória. No rosto, só certeza e determinação; os lábios contraídos só se abriam para reforçar sua mente:

— Medalha, medalha, medalha!

O ônibus parou direto no clube adversário. A disputa era por categoria, e no nosso amigo repousavam as esperanças de todos.

Todo ano era assim: a competição chegava empatada até a prova final. Mael disputava com outros cinco os ouros da vitória, mas tinha no competidor de Brumadinho e no rival do Minas Tênis — um varapau de quase dois metros de altura — seus maiores perigos. Ou, seria melhor dizer, inimigos; por duas vezes, ele perdera a prova na batida de mão para o gigante minastenista, mas agora seria diferente. Ele estava determinado e, ao encontrá-lo no vestiário, à sua mente só veio um pensamento: medalha, medalha, medalha! Seus olhos se cruzaram, o adversário o cumprimentou com um sorriso nos lábios:

— E aí, Mael, tudo bem?

— Tudo.

Sentiu-se obrigado a responder, e pensou consigo mesmo: *Quero ver você rir no final!*

Bom, a hora da prova estava para começar. Nosso herói pôs a bolsa de competição em cima do banco e começou a verificar seu material. Óleo de massagem, chinelo, santinho de São Expedito das Causas Impossíveis, etc., mas... tava faltando algo, o que era?

— A sunga! — gritou ele, desesperado.

Sim, sua sunga da sorte, ele havia esquecido: um suor lhe escorreu pela fronte. Além de não tê-la trazido, não havia tempo para comprar outra. Angustiado, olhou em volta: não havia ninguém que pudesse ajudar... Não: lá estava o Jorginho, neto do seu Elias, o nadador mais velho da equipe. Jorginho era também nadador, só que ainda em atividade. Tinha acompanhado o avô para dar uma força. Mael correu ao seu encontro e indagou:

— Jorge, pelo amor de Deus, você tem uma sunga para me emprestar? Esqueci a minha.

— Pô, Mael, como você foi esquecer a sunga? Parece coisa de português!

De tanto desespero, Mael nem levou em consideração a observação preconceituosa.

— Tá bom, Jorge, mas você tem uma sunga para me emprestar ou não? — indagou, já com a derrota no olhar.

— Olha, Mael, eu tenho uma aqui, que os caras do clube me deram de aniversário para me gozar, acho que você não vai encarar, não.

— Cara, passa pra cá! — exclamou entre aliviado e receoso.

Jorge lhe passou a peça. O problema não era a cor, bordô, nem o tamanho, infantil, pequeno demais para um adulto vestir. O problema é que era um modelo fio dental, muito usado na última parada gay de Nova York.

Nosso herói não quis nem saber; os autofalantes já tinham chamado os atletas para a última prova: a sua. Não havia tempo para dúvidas.

Mael vestiu o tampão, digo, a sunga, e foi para a piscina.

Quando a multidão viu aquele homem branquelo com uma sunguinha bordô se destacando do resto dos competidores, exaltou-se:

— Cai fora, Branca de Neve!

— Vai nadar lá no sul, ô Tarzan dos pampas!

— A competição é para homens, sai daí, boneca!

E outras manifestações, bem menos carinhosas. Nosso atleta engoliu a raiva e as ofensas. Posicionou-se no bloquinho para a largada, agachou-se e se inclinou para a frente. Nessa hora, ouviu-se um grito da arquibancada:

— Ai meu Deus do céu, o homem tá pelado!

Era dona Matilde, de 89 anos, que estava dormindo e, ao ouvir o grito de "preparem-se" do juiz de partida, acordou de seu cochilo. Deu de cara com os glúteos expostos de nosso amigo, pois o fio dental cumpriu seu papel e penetrou entre os gomos brancos de nosso nadador.

Nosso herói se manteve impávido. A multidão vaiava inclemente. Os adversários mal continham o riso.

Dr. Paulo, o juiz, não esperou mais nada e deu o tiro de largada: pou!

A multidão urrou de excitação. Mael se atirou junto com os outros atletas. Impulsionado pela raiva, ou pelo constrangimento, disparou na frente, com uma técnica nunca antes vista. Surpreendeu os adversários, pois a sunga utilizada não fora feita para se molhar, já que sua praia era outra, e, a cada duas braçadas que nosso atleta dava, tinha que segurá-la com uma das mãos. Assim, nadando e segurando, nosso atleta atravessou a piscina com os adversários em seu encalço.

Faltavam poucos metros e seu adversário gigante se aproximava. No esforço supremo de alcançar a vitória, Mael se esqueceu de tudo, da torcida, das vaias, dos impropérios e, principalmente, de segurar a sunga. Bateu na borda em primeiro lugar.

A torcida não acreditava, os companheiros de equipe enlouquecidos com o feito do amigo. Mas onde estava o nosso herói?

Ninguém o via, mas eis que ele retornou das profundezas. No esforço final, perdera a famigerada peça de banho que se depositara no fundo da piscina, o que quase o matou, pois, já sem fôlego pelo esforço da prova, teve que mergulhar atrás da maldita, que escorregou de seus glúteos na braçada final.

Mas nada mais importava, vencera e isso é o que contava.

Passaram-se quase dois meses. Um novo campeonato se iniciava. Mael, agora, já reconhecido como campeão, desfrutava de seu novo *status*. Preparou-se para a prova.

Afinal, tudo terminara bem. Fora algumas gozações, a turma do clube valorizava seu feito.

Assim pensando, enfiou a mão na bolsa procurando sua sunga, que dessa vez tinha certeza de ter trazido. Mas o quê que é isso? Sua sunga não estava ali, mas sim um pacote. Ao abri-lo, não acreditou: uma nova sunga bordô, do mesmo tamanho, da mesma cor, só que novinha e com um bilhete anexado:

"Mael, desculpe por termos trocado seu uniforme, mas em time que está ganhando não se mexe. Assinado: Jorjão Técnico de Masters de natação."

PARTE 3

17 — O Melhor 4x4 do Mundo

Tenho dois amigos que resolveram, junto com as respectivas famílias, passar as férias no Nordeste, em Natal, especificamente.

Roberto e Flávio são muito diferentes. Enquanto Flávio adora tudo o que diz respeito às últimas tecnologias, Roberto é mais conservador. Essa diferença se estende à filosofia de vida, aos passeios e, principalmente, aos carros. Isso ficou mais evidente na hora de decidirem como iriam à praia. Roberto propôs irem de avião e alugarem dois carros populares em Natal. Flávio aceitava a viagem de avião, mas queria enviar seu carro numa carreta tipo cegonheira, uma vez que preferia dirigir o próprio veículo em vez de alugar um qualquer. Os dois resolveram se encontrar para discutir o assunto:

— Flávio, larga de mão! Vamos alugar um carro, é muito mais prático!

— Roberto, você perdeu a noção do perigo? Comprei o melhor 4x4 do mundo, o bicho sobe até em poste! Para andar nas dunas, você nunca viu igual! A marca já ganhou tudo quanto foi rali no mundo inteiro, e você quer que eu alugue um buggy! Você enlouqueceu?

— Ô Flávio, desde quando você entende de rali, veículo 4x4 e de andar em dunas? Você só dirigiu jipe em areia quando tinha três anos e éramos colegas no jardim de infância.

— Olha, eu não vou baixar o nível com você. Entendo a sua dificuldade; apesar de ser meu melhor amigo, é mais novo e sem muita experiência. Esses seus 45 anos podem ter lhe ensinado alguma coisa, mas de carro você não entende nada!

— Tá bom, então me explica onde você aprendeu tanto sobre *off-road*.

— Nos classificados de domingo do JB!

— O quê? Agora você despirocou de vez!

— Deixe eu te explicar melhor. Todo domingo eu abro o JB na seção de veículos, vejo todos os testes publicados e analiso os resultados.

— Bom, e daí?

— Daí que, num desses domingos, eu vi o teste do Jeremias, vi o anúncio de oferta em promoção, fui à loja e comprei o carro.

— Que diabo de Jeremias é esse?

— Jeremias é o nome do jipe. O nome original em japonês eu achei complicado de pronunciar. Jeremias é mais fácil e, além do mais, os meus carros sempre tiveram nome. O fusca era Zé, o Maverick se chamava Belo e a Vemaguete era Furreca. Até a camionete lá da firma eu chamo de Mocreia, em homenagem à minha sogra, pois afinal, tal como a original, já foi bonita, hoje bebe muito e ainda por cima ocupa espaço.

— Tá bom! Cada louco com a sua mania! — exclamou Roberto, vencido pela argumentação de nosso amigo em comum.

Tudo combinado, partiram em direção ao nordeste. Eles e as respectivas famílias de avião e o valente "Jeremias" solitário, na carroceria do caminhão. Ao chegarem a Natal, Roberto imediatamente alugou um buggy e Flávio se dirigiu ao pátio da transportadora para libertar seu camarada. E assim foi feito. Enquanto todos na casa esperavam a volta de nosso corredor de ralis, a ansiedade aumentava. Afinal, era verão, e por consenso ficou decidido que todos iriam à praia de Pipa, distante de Natal uns cem quilômetros, para passar o dia.

Pipa é um lugar maravilhoso, e, partindo da capital do Rio Grande do Norte, existem duas possibilidades de se chegar até lá. Uma, pela rodovia, e normalmente o tempo de viagem seria de uma hora. A outra alternativa era pela praia, o que abreviava a viagem para 10 minutos. O grupo decidia qual seria a melhor opção, quando uma nuvem de poeira anunciou a chegada de um piloto destemido.

— E aí, gente, já decidiram para onde vamos? — perguntou Flávio, saltando de seu carro.

— Fala, Robertão! Confessa: é ou não é uma beleza o jipão?

Roberto, algo constrangido, observou o veículo do amigo. Afinal, ao lado de seu buggy nordestino com motor de Fusca, sem capota, carroceria de fibra e um moto-rádio instalado no painel, o 4x4 impressionava.

— E então, Roberto, é ou não é uma beleza o rapaz? Motor V6 turbinado, banco de couro, ar-condicionado climatizado, tração integral nas 4 rodas e som quadrifônico com caixa de cd para 12 discos.

— É, Flávio, tenho que admitir: ele é muito bonito.

Afinal o grupo decidiu-se. Iriam pela praia. Enquanto Flávio, a mulher e os dois filhos se acomodavam no Jeremias, Roberto, sua esposa Berenice e a sobrinha de ambos, Laura, sentaram nos bancos duros do jipinho brasileiro. Roberto, querendo animar sua trupe, perguntou à esposa:

— Quer que eu ligue o rádio, bem?

— Não enche, Roberto, e toca esta joça! — exclamou Berenice, com cara de poucos amigos.

Roberto, resignado, ligou o buggy e partiu atrás do amigo. O calor era insuportável, e o jipinho brasileiro, apesar de não ter tanta tecnologia, não fazia feio na areia. Fora projetado para aquilo e deslizava pelas dunas alegremente. Não tinha ar-condicionado, mas era conversível e a brisa do mar refrescava os viajantes. O céu estava azul, não havia uma nuvem no ar, o mar estava calmo. E, lentamente, a paisagem acalmou os passageiros.

— Desculpe, amor, eu fiquei irritada com o sorriso do Flávio e da Tereza. E estou superfeliz por estar aqui com você. O carro deles pode ser melhor, mas o meu piloto é muito mais charmoso. — Dizendo isso, ela se achegou a ele.

— Você não tem do que se desculpar. Você conhece o Flávio, parece um menino. Mas, no fundo, ele não quer nos diminuir ou algo assim. Quando está de carro novo, ou melhor, brinquedo novo, ninguém aguenta. Daqui a pouco ele se acalma e fica mais tranquilo. Conheço a peça.

— Eu sei, eu é que tô muito estressada. Tá bom, vamos esquecer tudo e nos divertir.

Dizendo isso deu um beijo no amado e sorriu. Aquele sorriso era irresistível, o mesmo que o tinha conquistado quando a viu pela primeira vez. Ele sorriu de volta e se sentiu o homem mais sortudo do mundo.

Reconciliado, o casal aproveitava a viagem. Apesar de não ser muito potente, o jipinho andava bem. De repente, avistaram uma fumaça escura mais à frente. Preocupados, se aproximaram e avistaram um carro atolado na areia. Apesar da distância, deu pra distinguir o famoso jipe japonês. Nossos amigos estacionaram ao lado, e Roberto não conseguiu conter o riso:

— Ué, Flávio, o bicho tá coçando as patas? — perguntou, ao intrépido piloto das areias.

Flávio, dentro do carro, nem respondeu; apesar do ar-condicionado climatizado, suava como um gambá. O rosto vermelho, a camisa empapada demonstravam que a peleja já vinha ocorrendo há algum tempo.

— Desce, Tereza! — gritou, já enfurecido. — Pegue as crianças e se afaste. Vou ligar o bruto na tração integral e acionar o turbo ao mesmo tempo. Meu instrutor me ensinou que isso redimensiona o peso e proporciona melhor tração no eixo.

— Ô, Robertão, fica frio. Quem errou fui eu, que me distraí com o mar e cheguei muito perto da água. Pode ir em frente, eu te alcanço.

— Ô, Flávio, se você quiser eu te reboco — gozou o amigo, sem poder resistir.

— Não enche, Roberto! O carro é bom, eu é que errei, tá bom?

— Ok, chefe, te encontro em Pipa! — dizendo isso, voltou ao seu intrépido veículo tupiniquim.

Berenice também não resistiu e exclamou:

— Tchau, Tereza, a gente guarda lugar pra vocês na barraca!

A amiga sentiu o golpe, e virando-se para o marido decretou:

— Ah! Flávio, você me paga!

Enquanto os dois discutiam, Roberto e Berenice partiram, sem conseguir conter o riso. Chegaram a Pipa em 5 minutos e aguardaram os amigos. Depois de uma hora de espera, Roberto começou a se preocupar.

— Berenice, eu vou atrás deles. Pode ter acontecido algo mais grave.

— Vai, Roberto, eu também estou ficando preocupada.

Roberto entrou no jipe, ligou a chave e partiu. A brincadeira tinha perdido a graça, e Flávio, afinal, era seu melhor amigo. Não demorou muito e avistou o amigo no mesmo lugar onde o deixara. A camisa toda molhada de suor, o rosto mais vermelho ainda, do lado de fora do carro ele discutia com a mulher.

— Calma, gente, o que foi que aconteceu?

— Ah, Roberto, graças a Deus você voltou! — exclamou Tereza, já chorando. — Esse carro dos infernos não sai da areia!

— Calma. Pega o buggy e vá com as crianças para Pipa, Berenice está na primeira barraca. A gente se encontra lá.

— Obrigada, Roberto!

Dizendo isso, pegou as crianças e partiu. Flávio, sentado no chão, era só desilusão.

— Pô, Roberto, que roubada!

Seu olhar de tristeza o comoveu.

— Que isso, cara? Isso acontece! — tentou confortar o amigo.

— Quando eu chegar ao Rio, vou cancelar minha assinatura do JB! — exclamou decidido.

— Tá bom, mas agora vamos tirar o Jeremias da água!

— Rapaz, eu não sei o que aconteceu, mas ele agarrou que nem chiclete, acho que queimei a embreagem e o meu saco!

Roberto não resistiu e começou a rir, e Flávio logo o acompanhou. Se abraçaram e foram a pé até a casa de um pescador, onde conseguiram auxílio. Juntaram outros dez companheiros e arrastaram o jipão para fora da água. Ligaram, então, para um reboque em Natal e, depois de algum tempo, Jeremias foi resgatado.

— Vamos embora, as meninas estão esperando! — exclamou o ex-jipeiro. — Japonês pra mim agora, só sushi!

Riram juntos os amigos, pois, entre mortos e feridos, salvaram-se todos, até o bravo Jeremias.

18 — O Jantar

Minha família tem um traço característico, ou, melhor dizendo, eu e minha prima mais velha, Laís, o temos. Gostamos de falar. Na verdade, dizem que se estivermos na fila esperando o ônibus, conversamos com quem estiver ao lado. Na minha opinião, isso só demonstra que gostamos de nos relacionar. Algumas pessoas já acham que falamos demais, o que, para mim, já é intriga da oposição. O certo é que, às vezes, no afã de sermos educados, somos mal interpretados.

Foi o que ocorreu certa vez, quando minha prima foi convidada para um jantar na casa de uns amigos recém-conquistados.

Era uma festa familiar, e ela, juntamente com o marido, eram os únicos convidados, além dos familiares de Tatiana, sua mais nova amiga. Alex, seu marido, gentilmente lhe recomendara antes de saírem:

— Laís, pelo amor de Deus, fale menos esta noite. Não quero passar vergonha!

— Você enlouqueceu, Alex? Eu sou mulher de ficar falando à toa?

— Não, meu amor, me expressei mal. Só te peço que evite comentários desagradáveis em relação às pessoas. Não as conhecemos direito, e você pode ser mal interpretada.

— Você realmente enlouqueceu, ou então está possuído! Primeiro me acusa de ser inconveniente, depois de fofoqueira, só falta agora você falar que tem uma amante, ou então que virou gay!

— Olha, vamos parar por aqui, não quero brigar com você, especialmente hoje que você está tão linda! Desculpe-me se fui grosso, só quero que esta seja uma ótima noite — replicou Alex, todo conciliatório.

Ela o olhou entre desconfiada e amorosa, por fim sorriu e concordou.

— Você é fogo, mas eu te adoro.

Beijou-o e saíram felizes.

Finalmente, chegaram à casa de Tatiana, que os recebeu na porta com entusiasmo:

— Que bom que vocês vieram! Minha família está toda aqui e louca para conhecê-los — disse-lhes amavelmente.

— Oh, minha querida, é um prazer enorme estar aqui. Que casa linda! — e foi entrando, puxando Alex pela mão.

Era realmente muito bonita. Um pequeno lobby separava a entrada do resto da casa. Logo depois vinha uma grande sala de estar. Decorada em estilo moderno e elegante, demonstrava a boa condição dos proprietários e seu bom gosto. Tatiana era casada com Hans, um homem fino e elegante, que trabalhava com compra e venda de imóveis. Era artista plástica e se percebia, entre as inúmeras obras nas paredes, alguns trabalhos seus de extrema beleza.

Laís tinha um corpo lindo, um rosto tão belo quanto o resto do corpo, era ex-atleta e muito alegre; uma pessoa extrovertida. Após encerrar sua carreira, resolvera montar uma academia e como empresária, era um sucesso. Alex, seu marido, era administrador de empresas de uma multinacional, mas principalmente adorava a esposa e sua maneira "irreverente" de ser. A noite prometia.

O jantar seria servido à francesa. O cardápio: comida mineira. No centro da mesa, uma leitoa assada destacava-se do resto. Tatiana, orgulhosa, perguntou ao casal:

— Gostam de comida mineira?

Laís replicou, imediatamente:

— Não como porco nem morta!

— Que pena, o nosso prato principal é uma leitoa — comentou, entristecida, a anfitriã.

Alex cutucou a convidada inconveniente.

— Ai! — ela exclamou; o golpe lhe acertara os rins.

— Que foi? — indagou Tatiana, surpresa.

— Acho que pisei em falso — esclareceu Laís, com um sorriso meio sem graça. — Mas, como eu estava dizendo, realmente, de porco não sou muito fã, mas carne de leitoa eu adoro!

Alex olhou para cima como se procurasse algo no teto. Tatiana sorriu, como se tudo realmente não passasse de um mal-entendido.

— Meu bem, vamos nos enturmar! — exclamou minha prima, já se dirigindo para o centro do salão, com Alex, estupefato, correndo atrás.

De repente, Laís estacou: quem estava no centro do salão, linda, leve e solta? Quem, quem? Sim, ela mesma!

— Bebel! — o grito lhe escapou da garganta sem querer.

— Você conhece Isabel? — indagou Tatiana, entre surpresa e divertida.

— Sim! — respondeu Laís secamente.

— Que bom! Eu e ela somos amigas de infância, além de primas. Que bom que vocês se conhecem, vou chamá-la. Isabel! Ô, Isabel!

Isabel levanta os olhos, avista nossos amigos e exclama sorrindo:

— Alex, meu amor!

Diz isso e caminha na direção do mesmo. Laís fuzila a inimiga que se aproxima e pensa: *Cachorra, se eu te conheço... É lógico, como não?* Seu pensamento retornou ao passado. As duas tinham sido as melhores amigas, jogavam vôlei no time da escola, sentavam juntas na sala, eram inseparáveis. Até o dia em que Bebel lhe apresentou o namorado, e nada mais foi como antes.

Sim, Alex era um gato! E quando ele terminou com Bebel e começou a namorar Laís, a amizade entre as duas terminou. Desde aquele dia, a guerra não declarada se instalou. *Essa mulher me persegue! Vira e mexe essa bandida aparece. Isso é a visão do inferno!* — pensava Laís, focalizando o olhar na inimiga que se aproximava. *Pior é que ela não envelhece. Mas eu queria ver, se ela tirasse o silicone do peito e deixasse esse cabelo tingido na sua cor original. É lógico que ela fez lipo. Lipo só, não: se aspirou toda. Mas não adianta, a bruxa continua feia, a testa esticada de botox, e põe botox nisso. Da última vez que a vi tinha mais risco na cara que lutador de boxe.*

— Oi, gente! — exclamou a desafeta. — Oi, Laís. Tudo bem?

— Oi, querida. Tudo. Como você está linda! — exclamou Laís, beijando superficialmente a falsa amiga.

— Oi, Alex, como você consegue ficar mais gato com o passar dos anos?

— Oi Bel. Tudo bem?

Bel? Ah, seu cachorro, você está íntimo dessa sirigaita? Eu te mato! Deixa a gente chegar em casa pra você ver — pensava, cheia de ódio, a nossa heroína.

— Olha, Alex, o Paulo! — exclamou Laís, puxando o marido em outra direção.

— Paulo? Que Paulo? Você enlouqueceu, mulher?

— Não, mas se você continuar olhando para aquela filha de Fu Manchu eu mato vocês dois aqui no salão mesmo, e ainda enfio a maçã que tá na boca da leitoa na boca daquela miserável!

— Você enlouqueceu de vez! Pare de agredir a Bebel à toa, ela não lhe fez nada!

— Não fez porque eu não sou besta. Homem meu, ninguém, ninguém põe a mão, nem o pé, nem o olho! E presta atenção! Presta atenção! Se você olhar pra ela, eu não respondo por mim!

— Você está completamente louca! — exclamou Alex, já cansado da mesma discussão.

— Ei, vocês dois! — exclamou Tatiana. — Quero apresentá-los aos meus irmãos.

Nosso casal sorriu e seguiu a anfitriã, como se nada estivesse ocorrendo.

— Esse, Laís, é meu irmão Augusto! — apresentou Tatiana, toda solícita.

— Ah, e essa garota linda? Deve ser a sua filha! — emendou de primeira Laís.

— Não — respondeu o irmão, algo embaraçado. — É a minha atual esposa.

— Oh, que bacana, gente, o amor não tem idade! — exclamou, ingenuamente, a minha prima.

— Laís, querida, deixe eu lhe apresentar minha irmã — disse Tatiana, contornando o mal-entendido. — Esta é Patrícia! E esta é a filha dela, Carolina!

— Prazer, querida. E que menina linda! É a sua cara!

— Obrigada, só que ela é adotada, não posso ter filhos — esclareceu Patrícia.

— Não importa, não é mesmo? O importante é o amor que as une — corrigiu-se Laís.

— Laís, querida, acho que o Paulo está nos chamando — apartou Alex todo gentil, puxando Laís pelo braço.

— Você enlouqueceu? Que Paulo é esse? — ela indagou, surpresa.

— O mesmo que você me apresentou cinco minutos atrás. Olha, não adivinhe mais nada. Você já deu dois imensos foras, vamos jantar logo e, por favor, fique calada. A minha paciência já se esgotou.

— Tá bom, já vi que hoje não é o meu dia! — concordou a desapontada convidada, sentando-se à mesa com o resto dos convidados.

— A senhora aceita um pouco de carne? — o garçom, solícito, ofereceu.

— Sim, por favor. Eu adoro javali! — esclareceu, toda educada, à vizinha de mesa, que a olhava sem entender.

19 — MOMENTOS DE PAZ

Engraçado. Eu estava olhando para fora da janela do meu quarto. Acabara de acordar, estava de férias em Búzios, que é um lugar especial para mim. A casa ficava no alto de um morro, de onde, infelizmente, não dá para se avistar o mar, que está bem perto; da janela do segundo andar, eu só via a mata.

Eram seis horas da tarde, horário de verão. De onde estava, e de onde a preguiça deixava, via a luz do sol atingir algumas casas e a mata defronte. Búzios é algo assim, mágico. Há pouco eu estava na praia, e Flavinha, uma amiga dessas espevitadas — como diz um outro amigo, com aquele brilho e viço da juventude no olhar —, sem mais nem menos me fulminou:

— Gustavo, tem coisa melhor que esse momento de paz?
— Momento de quê, Flavinha? — perguntei, surpreso.

— De paz. Momentos como esse em que estamos agora. Quando a gente está feliz. Quando podemos rir de nós mesmos.

Eu parei e pensei: *Como tudo pode ser explicado assim, tão facilmente?* Ela riu, como se todo mundo sempre soubesse disso o tempo todo.

E eu, olhando pela janela do quarto, acordado, mas ainda sonolento, depois da sesta do almoço, me lembrei do restante daquela manhã na praia.

— Gustavo, você conhece a Andréa? — perguntou Toninho.

— Andréa, claro, eu conheço há muito tempo!

— Eu trabalho com ela — ele esclareceu.

Lembro-me de Andréa, linda morena, com um sorriso que iluminava o ambiente.

— Andréa é tudo de bom! — eu disse para ele, que concordou imediatamente.

— É umas das pessoas mais corajosas que eu conheço. Dessas que, quando tomam uma pancada, levantam a cabeça e vão em frente. É um privilégio ser amigo de gente assim.

Toninho concordou com o olhar e bebemos um copo de cerveja, quase ao mesmo tempo. Ele me falou com carinho e respeito da nossa amiga comum.

— Um dia, estávamos trabalhando num grande projeto de marketing. Andréa tinha perdido um irmão num acidente de carro. Todo mundo estava apreensivo, pois ela era a responsável por grande parte do trabalho. Duas semanas depois do fato, ela retornou ao projeto, triste, mas determinada.

— É, incrível sua força e determinação. Ela merece tudo o que houver de melhor nessa vida! — eu disse, e ele concordou.

O fim de tarde se aproximava. A água do mar, translúcida, refletia o sol, que não estava tão forte, o céu azul sem nuvens.

O silencio só era rompido por uma brisa leve. Nada parecia fora do lugar. Levantamos, chamamos as meninas e entramos na água.

20 — Eu e a Minha Mulher na República Tcheca

Minha irmã mais nova morava na Itália há quatro anos quando resolvi visitá-la; coisa de irmão mais velho. Sei lá, me deu vontade de que ela soubesse que nos importávamos com ela, além de não ser nada mal passar alguns dias em Roma. E assim fizemos. Partimos para a Europa, eu e Valéria. Iríamos unir o útil ao agradável. Além de vermos a caçula, teríamos um tempo para nós, coisa que todo casal demanda, pois morar na mesma casa não quer dizer que ficamos juntos.

Depois de alguns dias com minha irmã, decidimos dar uma esticada na República Tcheca. Melhor dizendo, Valéria decidiu por nós dois, pois tenho um sério problema com a preguiça: uma vez instalado em Paris ou Guarapari, para que eu me movimente é fogo. Va, por sua vez, é outra coisa; é a baixinha mais animada que conheço, e talvez seja por isso que nos damos tão bem, conforme veremos adiante. No dia combinado, lá estávamos os dois, ela animadíssima e eu nem tanto. A voz do aeroporto anunciou o nosso voo. Praga, nosso destino, além de ficar a apenas uma hora de avião de Roma, é considerada um lugar belíssimo, além de muito barato, se comparado a outras capitais europeias. Apesar de ter passado por duas guerras mundiais e não sei quantos outros conflitos regionais durante a sua história, os principais monumentos e prédios foram preservados.

Fiquei um pouco preocupado quando, já no avião, o serviço de bordo se limitou a um copo com água. Naquela época, não era usual uma companhia aérea não servir lanche. Desde menino, quando, com treze anos, tive o privilégio de voar pela primeira vez, espero ansioso pela minha bandeja de lanche. Confesso que fiquei desapontado, mas Valéria, com seu habitual entusiasmo e já percebendo alguma mudança no meu humor, coisa raríssima de acontecer, apartou logo:

— Não liga, não. O voo é tão rápido que nem dá tempo para lanchar.

Entre desconfiado e relutante, acreditei, e assim chegamos.

O avião aterrissou calmamente, e olhando pela janela dava para perceber uma bela cidade. O tempo estava meio nublado e com um pouco de neve, mas nada tão mais frio do que Roma, que deixamos a zero grau. Ledo engano: foi só abrir a porta e os piores presságios se mostraram verdadeiros; parecia que tínhamos entrado numa câmara frigorífica. Olhei para a minha animada companheira. Ela, percebendo pelo olhar minha incomodada disposição, sorriu e disse:

— Que friozinho mais gostoso, né, meu bem?

Aí o caldo entornou e eu lhe disse, com o meu fino humor:

— Friozinho porra nenhuma, isso aqui parece o Polo Norte. Urso não tem, mas dois jacus, daqueles lá de Minas, com certeza tem!

Descemos as escadas já brigados. A viagem prometia.

Do aeroporto até o hotel, acertamos uma trégua. Afinal, com um frio daqueles, não fazia o menor sentido eu dormir no chão. Ficamos acertados que ainda faríamos um *city tour* e, se não gostássemos, anteciparíamos nossa volta.

Assim, no dia seguinte, mais calmos, mas ainda ressabiados, descemos para tomar café e aguardar o passeio combinado. Estávamos absortos no *lobby* do hotel quando, de repente, entrou um senhor careca, baixo, carregando uma enorme tabuleta na qual vi escrito o sobrenome da família; deduzimos que era o nosso guia, uma vez que, por mais que o homem berrasse em tcheco, não entendíamos patavina do que ele dizia. Tcheco falado, aliás, parece propaganda de vodka: *bororosca*, *stonosca*, etc. Não dá para entender nada. Eles, por outro lado, tirando o pessoal ligado ao turismo, não falam inglês. Ficamos meio apreensivos, pois havíamos pedido o tour em inglês, mas por meio de gestos conseguimos fazer entender ao anão russo, quer dizer, nosso guia, que éramos seus passageiros. Este não se fez de rogado e nos puxou pelo braço, eu e Valéria.

Entramos no veículo. Se é que aquilo podia ser assim chamado: parecido com a nossa Kombi, só que mais feio, maior, barulhento e sujo. Entramos numa das fileiras do banco de trás, quatro no total, ou seja, lotação de catorze pessoas com o motorista. O homem bateu a porta, ligou o bicho e partiu; a velocidade média era de 140 km/h, mas quando aparecia uma ladeira, só Deus sabia a velocidade atingida. Eu e Valéria, agarrados um ao outro, fazíamos jura de amor eterno: se escapássemos dessa, jamais brigaríamos outra vez. O homem acelerava o carro cada vez mais, só parava para pegar outros incautos turistas, em outros hotéis da região: belgas, franceses, italianos, americanos; o povo ia entrando. Apesar das línguas diferentes, nos comunicávamos e rezávamos, cada qual em sua respectiva língua, mas acredito que todos para São Cristóvão, protetor dos motoristas e quiçá dos passageiros. A viagem prosseguia. Já éramos dezoito no veículo, e exclamei para Valéria:

— Ou o homem não sabe contar, ou perdeu a conta. Em todos os casos, nós estamos perdidos.

Literalmente, se aquele era o *city tour*, não dava para ver nem as placas das ruas, e eu já me daria por satisfeito se voltássemos vivos para o hotel. E então aconteceu: paramos no alto de uma colina. Achei que era o fim. Valéria, bonita como ela só, seria vendida como escrava branca; quanto a mim, o mais provável é que fosse deixado ali mesmo, para parar de ser besta e virar picolé, pois era o dia mais frio e assustador da minha vida.

Mas, para alívio de todos — pois eu não era o único que não estava entendendo nada —, várias outras vans chegavam ao mesmo local e de cada uma delas desciam outros assustados passageiros. De repente, surgiram outras placas, nosso sobrenome mais uma vez destacado em uma delas. Corremos em direção à outra van, gêmea da nossa, e partimos. Pensei comigo que era a volta, mas a velocidade mais calma me tranquilizou. Nossos companheiros eram italianos, mas falavam bem inglês. Me virei para Valéria, suspirei fundo e a acalmei:

— Fique tranquila, meu amor. Finalmente vai começar nosso passeio.

Ela se virou para mim e sorriu, aliviada. Nesse instante, nossa guia vira-se para nós e com o melhor dos sorrisos, nos cumprimenta:

— *Buongiorno!*

A excursão era em italiano. *E la nave va.* Nossa guia, muito simpática, explicava *a la destra*, *a la sinistra*, e nós ali olhando e tentando entender. Verdade seja dita, os dez dias em Roma ouvindo italiano ajudavam, fora a minha facilidade para aprender línguas. Mas o certo é que, depois de tanto susto, resolvemos, de comum acordo, relaxar e aproveitar o passeio. Para quem se preparara para as galés russas, excursão em italiano era moleza.

Lá pelas tantas, a guia propôs uma parada num antigo mosteiro, que tinha um ótimo café e um lugar bem aprazível para se sentar. Sentamos e pedimos dois cafés. Graças a Deus, a garçonete era jovem e compreendia português. Nossa guia se aproximou:

— *E due di onde?*

— Do Brasil.

— *Ma que brasiliano!*

— *Si.*

— *Ma capisce o que parlamo?*

E respondi:

— *Se parlare tranquili capito tuti.*

Foi uma festa. Todos queriam conversar conosco, só que eu já gastara todo o meu italiano. De uma forma ou de outra, nos comunicamos e nos divertimos, e eu adorei a cidade de Praga. Não sei como a Valéria me aguenta. Deve ser porque eu sou poliglota.

21 — A Visita ao Veterinário

Fui levar Calvin ao médico. Ou melhor, ao veterinário.
Na verdade, não gosto de me referir ao Calvin como se fosse um animal. Ele não o é, pelo menos não no sentido clássico da palavra. Apesar de estar classificado como animal irracional, ele é muito mais calmo, companheiro e inteligente que algumas pessoas que conheço. Não importa se possui mais pelos, come ração e dorme quando e onde quer. Isso não o diminui em nada, só o engrandece. Além disso, estamos convivendo com ele há mais de dez anos. Resumindo, pode até ser considerado um cão, o que de fato é, mas também é um ser em processo de evolução, e, a meu ver, está indo muito bem.

Além do instinto altamente desenvolvido, tem uma capacidade ímpar de solidariedade e companhia. O fato é que, com a chegada das férias, fiquei com meu amigo em casa e os seus supostos donos — ou seja, minha mulher e meus dois filhos — tiraram férias. Mas o que todo mundo que tem a felicidade de conviver com um cão sabe, ou pelo menos deveria saber, é que na verdade são eles que nos possuem.

Eu há muito sei disso. Quando ele quer um petisco, dirige-se à minha pessoa e abana alegremente o rabo. Se não me mexo, late ou chora, dependendo do seu humor, e eu, percebendo sua necessidade alimentar, levanto-me e dou o que ele quer. Ou seja, manda quem pode e obedece quem tem juízo. Normalmente, tento relegar essas atividades aos outros membros da minha família, mas, na falta deles, a responsabilidade é minha.

Pois bem, lá estava eu, sozinho em meu lar, tendo apenas por companheiro o meu fiel escudeiro. Estávamos vendo televisão juntos, satisfeitos com a companhia um do outro, já que o resto da matilha, digo, da família, tinha nos trocado por uma temporada na praia, quando, de repente vejo que ele está mordendo a mão.

— Calvin, pare de morder! — digo, com a minha autoridade de líder. Ele levanta a cabeça, olha, e me diz com o olhar, com educação e desprezo:

— Não enche o saco!

E continua a morder normalmente. Ele raramente responde dessa maneira, mas o fato de estarmos sozinhos, dois adultos machos, por vezes deixa o diálogo meio rude. E quando estamos com algo que nos incomoda, alguma doença ou mal-estar, o que era o caso de nosso amigo, como pude constatar, é comum não agirmos como estamos acostumados, ou pelo menos com o mesmo bom humor.

Num exame mais apurado, e que tive que fazer à força, à custa de alguns rosnados e ameaças de mordidas, pude perceber que ele estava com uma irritação na pata, digo, mão. Não tive dúvidas. Liguei para a pessoa que entendia do assunto.

— Valéria, o Calvin não para de morder a mão, o que é que eu faço? — digo ao telefone, já prevendo a resposta.

— Você já está cansado de saber! — ela diz, com uma certa irritação na voz, e explicou sem muita paciência: — Leve-o ao médico! Lá na Clínica Veterinária São Francisco!

— Mas você não volta na terça? Você pode levá-lo quando chegar! — exclamei, esperançoso.

— Amor, você tá cansado de saber que essas irritações na pele se tornam crônicas rapidamente, não dá para esperar a minha volta. Além do mais, se fosse você que estivesse com ela, não gostaria de esperar ninguém para eliminar sua coceira.

— Ok, você venceu! — disse-lhe, resignado com a minha sina. — Vou levar o bicho!

— Não se preocupe, o pessoal da clínica já o conhece e vai atendê-lo superbem! — ela disse, tentando me confortar.

— Tá bom. Se não tem jeito, fazer o quê? Um beijo para você e para as crianças.

— Outro para você. E cuide bem do bichinho! — reforçou com veemência.

É, não tinha jeito. Eu tinha que levá-lo ao veterinário. E se tinha alguma coisa que me irritava era isso. Não por ele. Afinal, se ele pudesse pegar um táxi sozinho, tenho certeza de que me pouparia o trabalho. O que me incomodava era que, na maioria das vezes, quem leva o cachorro ao veterinário são as mulheres. É igual à gente cortar o cabelo em salão de beleza, a gente vai e corta, e normalmente fica melhor que no barbeiro da esquina, mas os amigos, que nada comentam, tentam perceber se é algum sinal de mudança, enquanto as mulheres nos olham com certo desprezo, matutando:

— O que esse gajo tá fazendo aqui? Será o mais novo cabeleireiro? Tá meio velho pra isso! Se fizer as unhas ou pintar o cabelo, saiu ou tá querendo sair do armário!

O certo é que a gente vai, mas fica sempre uma sensação esquisita de que está fora do lugar certo.

Mas não tinha outra solução, o bicho estava doente. E ele, por que não dizer, era da família. Eu ia levá-lo, estava decidido.

— Não tô nem aí! — pensei em voz alta. — Dirigi-me ao paciente com a coleira na mão e lhe disse, com falsidade, a palavra mágica:

— Vamos, cachorro, vamos passear!

Todo mundo que tem um cão em casa, principalmente em apartamento, sabe que o que mais o bicho gosta de fazer é sair para a rua. Com o Calvin não é diferente. Assim que ouviu o meu falso convite, parou de morder a pata e veio feliz em minha direção.

Fomos para a garagem. Entramos no carro. Hoje em dia, para sair com um cachorro para dar uma volta, normalmente temos que ir de carro, pela falta de praças e lugares abertos seguros para se andar a pé. É o preço do progresso. Abri a janela do lado do acompanhante e ele, feliz, pôs a cara para fora. Talvez seja pela sensação gostosa de liberdade que o vento nos dá quando nos bate no rosto, talvez pela satisfação de dizer para quem olha a cena:

— É isso aí, eu sou cachorro, mas tenho motorista!

Não sei, não importa. O certo é que está provado, cientificamente ou não, que todo cão gosta de pôr a cara para fora da janela. E, assim nos dirigimos à clínica veterinária.

A clínica funcionava em uma casa bem grande, mas antiga. Havia uma grande sala de recepção onde as pessoas e seus respectivos cães aguardavam a hora da consulta.

Eu me lembrava bem do local. Calvin não era o nosso primeiro cão. Dentre vários, eu me lembrava de ter levado à clínica o Bronco, um pastor alemão com cara de poucos amigos e que ficava num sítio que possuíamos. O problema é que o Calvin, por ser um poodle de pequeno porte, era considerado um cão para crianças ou para senhoras de fino trato, coisa que me causava certo embaraço ao levá-lo para passear ou a qualquer outro lugar. *Bobagem minha!* — pensei, me tranquilizando, e entrei no hospital. Fomos os primeiros, o que de certa forma me deixou mais tranquilo ainda. Dirigi-me à recepcionista:

— Por favor, queria ver o médico!

— Pois não, qual o nome dela?

— É ele! — respondi, já aborrecido.

— Ah! Me desculpe.

— O nome dele é Calvin.

Não sei por que todo mundo acha que todo cachorro poodle é fêmea, é um negócio irritante — refleti, algo amargurado.

— O senhor pode aguardar que o médico já vai atendê-lo.

Era o que eu temia: aguardar no salão. Sentei-me em uma das inúmeras cadeiras e esperei. Não demorou muito e começaram a chegar os outros pacientes e, como eu temia, todos acompanhados por suas donas. Primeiro, elas olhavam para o cão, depois para mim e, com um sorriso, comentavam:

— Que linda cachorrinha, como se chama?

— É macho! — eu respondia, com cara de poucos amigos.

Vai ser um dia longo! — pensei com meus botões.

O salão se enchia cada vez mais e nada de sermos chamados. Havia cães de todo tipo e tamanho, e ao meu lado uma doce jovem, de uns vinte poucos anos, segurava um enorme Rottweiler. Era constrangedor: eu com o meu cãozinho no colo e a jovem com seu brutamontes do lado. E o pior é que o Calvin não foi com a cara do seu vizinho e começou a rosnar ameaçadoramente, chamando para briga. A jovem me olhou complacente e exclamou:

— Não se preocupe, o Boris não vai atacar sua cachorrinha!

— Ele é macho! — afirmei, num tom desafiador. — E você que segure seu cachorro, porque tamanho não é documento para o meu!

Ela sorriu e se desculpou:

— Me desculpe, eu não queria ofendê-lo. É que ele é bem bonitinho e fiquei com medo de Boris atacá-lo.

Aquilo foi a gota d'água. Eu, já com mais raiva que o Calvin, preparei uma resposta adequada para tanta humilhação:

— Você tem sorte de o meu cão estar doente, senão seria impossível contê-lo!

— Senhor, é a sua vez!

Levantei-me com o resto de dignidade que me sobrava e, antes de entrar no consultório, olhei para meu ex-amigo e lhe disse com raiva:

— É bom você não adoecer mais!

Ele me olhou sem entender nada e abanou o rabo, satisfeito.

22 — O Dia em que Zé Leite viu o Caramujo

Seu Zé, como eu o chamava, ou Zé Leite, como era mais conhecido, partiu para uma nova viagem, ou melhor, se "encantou", como nos explicou Guimarães Rosa.

Quando Tide me ligou e contou o ocorrido, custei a acreditar. Apesar dos seus mais de noventa anos bem vividos, eu já acreditava que ele jamais partiria. Talvez por sua alegria, talvez por sua maneira otimista de ver a vida. O certo é que, desde que eu o conhecera, há mais de trinta e cinco anos, ele me parecia o mesmo. Um pouco mais magro, escutando um pouco menos, mas sempre feliz.

Pai de Mael, Toé, Inácio e das meninas Glória e Cedinha, sempre esteve de alguma forma ligado à minha vida por meio dos filhos, todos amigos, mas principalmente de Mael, amigo dileto e caçula dos meninos, companheiro-mor da minha juventude ao lado de Tide e Guilherme.

Era na casa do seu Zé que nos encontrávamos para as festas, para combinar viagens e para conversar. Na casa daquele português que veio menino para o país, encontrávamos um porto seguro. Dona Mariinha, sua esposa, nos recebia com carinho e afeto, abrindo a casa aos amigos dos filhos e das filhas, mostrando ao vivo e em cores como era uma casa portuguesa: mesa farta, família grande e muito amor misturado às refeições, regadas a deliciosas histórias, muitas delas trazidas na memória do viajante luso.

Em sua casa, sempre havia um pequeno cachorro, cujo nome era sempre Bolinha, independente da raça ou da cor. Foram vários, e todos os Bolinhas pareciam iguais, tanto que me pergunto até hoje se aquilo não era uma sutil piada de português.

Na casa do seu Zé, nada era estranho, cães, pessoas ou passarinhos, todos se misturavam nas refeições. Tudo parecia natural. Tudo era muito simples, e talvez aí se escondesse toda a magia, pois, passado tanto tempo, é que descobri um grande segredo: seu Zé via o que pouca gente percebia, apesar da vista já um pouco cansada. Aos sessenta e cinco anos, ele dirigia seu Corcel branco para todos os lugares. Não era um cavalo alado, mas havia no ar uma magia.

Percebi, em uma viagem ao sitio de dona Olinta e de Dr. Polinice, pai e mãe de Tide e Guilherme, que seu Zé era um homem diferente. Dona Olinta era irmã de Mariinhae Dr Polinice parceiro de Zé Leite nas pescarias e nos intermináveis jogos de buraco.

A tarde se aproximava lentamente. Estavam ali as famílias Leite e Mourão e os agregados, ou seja, os amigos dos filhos dos dois casais, entre os quais eu me incluía: na verdade, me agarrava a todas as oportunidades para conviver com aquelas duas famílias. Eram tantos os filhos que talvez me confundissem com algum deles, afinal um Bolinha a mais ou a menos não faria muita diferença. E ali estava eu, mais agarrado que um carrapato rodoleiro, desses grandes que se encontram em pescoço de cavalos.

Naquele dia, descobri o segredo de Zé Leite. Não sei por que cargas d'água eu e Guilherme voltamos de carro com Zé Leite e Dona Mariinha. O certo é que isso ocorreu. A viagem corria tranquila, a tarde bonita, o sol com preguiça se preparando para dormir, uma musica suave tocando no rádio do poderoso Ford branco, eu e Guilherme, já sonolentos após o churrasco, encostávamos cada um em sua janela no banco de trás. A vida parecia tão boa naquela tarde...

De repente, fomos sacudidos por uma freada de jogar pedra em mãe.

— Cê tá louco, Zé? — gritou dona Mariinha.

— O que foi, seu Zé, tá passando mal? — gritei logo em seguida.

— Fala, tio! Que que foi? — perguntou Guilherme logo depois.

— Calma, gente! — exclamou com um sorriso maroto nos lábios o velho português. — Olha ali! Olha ali!

Saímos do carro e esperamos a poeira baixar. Olhamos para a frente e para os lados, sem nada avistar.

— Ali gente! Ali! — repetiu nosso intrépido descobridor, apontando para o chão.

Foi quando vimos: o maior caramujo que eu já tinha visto na minha vida atravessava lentamente na frente do carro. Parecia uma pedra que se movia sozinha.

— Gente, olha o tamanho do bicho — eu disse assim, meio bobo.

— É o maior gastrópode que eu já vi — falou Guilherme, revelando inconscientemente o futuro biólogo.

— Hã! O quê? Deixa de ser besta, sô, aquilo é um caramujo! — expliquei ao ignorante.

Seu Zé ria, e Dona Mariinha acompanhava o marido com gosto.

— É, Zé, só você! — ela decretou, ainda com um sorriso nos lábios.

O português falou, com triunfo e sabedoria:

— Vocês tem que ver o que não é visto. Vamos aguardar nosso amigo seguir seu caminho, afinal ele tem preferência.

E ali aguardamos, num fim de tarde na região de Capim Branco, no interior de Minas Gerais, um caramujo ou gastro-não-sei-o-quê atravessar a estrada.

— Vamos, gente, que agora é nossa vez! — decretou nosso motorista ecologista, numa época em que esse conceito sequer existia.

Entramos no carro e partimos. Sentado no banco de trás, não conseguia entender como seu Zé vira o pequeno viajante.

Só percebemos o imediato, não nos atemos aos detalhes, às coisas simples, a um cão chamado Bolinha, a um caramujo no chão, a um gesto de carinho ou de gratidão. Seu Zé via longe, mesmo depois que a vida o convidara a trilhar outros caminhos mais difíceis, quando sua mobilidade física já não era a mesma. Os anos, ainda amigos diletos, foram lentamente lhe esbranquiçando o azul dos olhos.

Ele sorria para a vida, pois a via de outra maneira: com os olhos do coração.

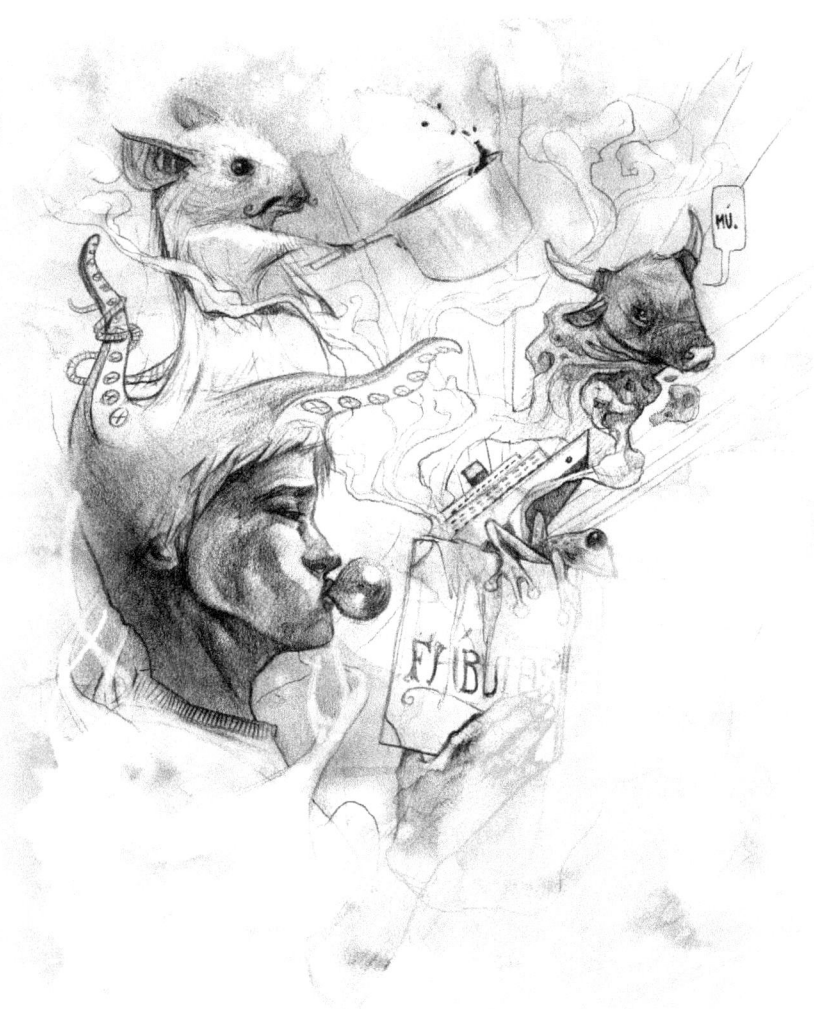

Esta obra foi composta em Minion 11/13,1.
Impressa com miolo em offset 75g e capa em cartão 250g,
por Createspace/ Amazon.